이러다 죽겠다 싶어서
운동을 시작했습니다

- 저자 고유의 글맛을 살리기 위해 '땡기다, 벅지, 몸치, 매저키스트적인' 등의 표현을 그대로 두었습니다.
- '혼술, 인싸 힙스터, 노잼' 등의 표현도 표준어로 바꾸지 않았습니다.

이러다 죽겠다 싶어서
운동을 시작했습니다

고영 지음

**"병원비 아껴보려 시작한 헬스가
인생을 바꿨다."**

카시오페아
Cassiopeia

카페인 주사 들어갑니다

기온이 35도를 넘나들던 2013년 어느 날의 일이다.

펼쳐 든 수첩 위로 굵은 핏덩이가 뚝 떨어졌다. 수첩을 들고 경찰서 복도를 걸어가던 나는 난데없는 피에 놀라 화장실로 달려가 거울을 봤다. 눈 밑에 야구선수처럼 짙은 다크서클을 단 여자애가 쌍코피를 흘리고 있었다. 그 후로도 한동안 밥 먹듯 코피를 흘렸다. 나중엔 코를 막고 다니기도 귀찮아서 머리가 하얘질 때까지 코를 풀어버렸다.

2014년 어느 날엔 야속하게도 연거푸 보너스를 넣어준 인심 좋은 주인 덕에 노래방 3차를 끝내니 시곗바늘이 새벽 세

시를 가리키고 있었다. 집에 어떻게 갔는지도 모르게 곯아떨어졌다가 몇 시간 후 출근 전철을 탔다. 가방에서 이어폰을 꺼내려던 찰나 눈앞이 깜깜해졌다. 아무리 눈을 깜빡여도 아무것도 보이지 않았다. 턱을 덜덜 떨다가 한 10초 정도 눈을 감았다 떴더니 다행히도 서서히 눈앞이 밝아지기 시작했다.

일을 시작하고 20대 시절에 겪은 몇 가지 사소한 에피소드다. 이후로도 아침에 2호선을 탔는데 2시간 지나도록 두 정거장밖에 못 갔다든지, 주말 낮에 까무룩 잠들었다 눈을 떴더니 다음 날 낮이었다든지 하는 사소한 일들이 더 있긴 했다.

수년 전 누군가 나에게 "무인도에 세 가지만 가지고 갈 수 있다면 무엇을 가져가겠느냐"고 물었다면 망설임 없이 술, 담배, 커피를 택했으리라. 드라마나 영화 같은 것을 보면 20대 신입사원들은 참 밝고 예쁘고 싱그러운데 나는 그걸 다 뒤집어놓은 인간이었다. 매일같이 아프고 찌뿌둥했으니 아침마다 "x 같은 아침"이라면 모를까 "좋은 아침"이라는 말이

나올 리가.

술, 담배, 커피(알코올, 니코틴, 카페인)는 내게 있어 기호 식품이기 이전에 생존 식품이었다. 출근해서 자리에 앉기 전까지 진한 커피를 마시지 않으면 제정신이 반도 돌아오지 않았다. 회사 인근 카페 가운데 가장 사약 같은 커피를 내주는 곳의 단골이 됐다. 멍하니 사무실 컴퓨터 앞에 앉아 차가운 아메리카노에 빨대를 꽂아 빨고 있을 때면 누워서 카페인이 가득 든 링거를 맞는 상상을 했다. 여기에 니코틴이 들어가면 마치 죽은 몸에 전류를 흘린 듯 '움찔' 정신이 들어왔다. 잠깐 머리를 맑게 해 급한 일을 처리하기 위해, 한숨 돌리기 위해 무시로 담배를 입에 물었다.

낮 동안 억지로 정신을 두들겨 깨웠기에 밤에 알코올로 달래지 않으면 제대로 잠들 수 없었다. 그러다 보니 '하루에 맥주 한 캔 마시기'가 생활화됐다. 나중엔 맥주 정도론 기별이 오지 않아 장식장에서 아빠 양주를 꺼내 홀짝홀짝 마시기도 했다. 다음 날 아침 부스스 일어나 하품을 하면 술 냄새가 훅

끼치는 나날이었다.

아마 나의 직업적 특성은 내 건강에 나쁜 일을 더하면 더했지, 좋은 일은 하나도 해주지 않았음에 분명하다. 소개팅에선 직업이 기자라고만 말해도 '야근 얼마나 해요?' '소주 최대 몇 병 드세요?'란 질문을 들었다. 실제로 일이 터지면 밤에도 갑자기 현장에 가야 하거나, 생판 모르는 사람에게 들이대야 하는 일도 적지 않다. 자칫하다간 '기레기' 소리를 듣기 딱 좋지만, 무리하지 않으면 세상은 나만 빼고 돌아간다.

여기에 한층 암울한 것은 몸뚱이 자체도 제 구실을 못했다는 것이다. 극한의 스트레스가 이어지다 보니 안 그래도 근육이 없는데 안면 근육밖에 안 남을 정도가 됐다. 노트북을 향해 해 바라기 식물처럼 구부러진 어깨와 목은 좀체 펴질 생각을 않았다. 밴드가 달린 척추 교정기부터 교정용 방석, 깁스같이 생긴 목 지지대, 발 헤먹 등 갖은 교정 기구를 다 써보았지만 그중 어느 것도 일상적인 통증과 괴로움은 해결해주지 못했다.

몸 상태가 이렇다 보니 없는 돈을 쪼개 마사지를 자주 받는 편이기도 했다. 어느 날 내 등을 만지던 마사지사가 말했다. "등에 근육이 이렇게까지 없어서 일상생활이 가능해요? 살려면 운동 좀 해야 해요." 누군가로부터 그렇게 연민에 넘치는 목소리를 들어본 적이 없었다.

　하지만 운동을 시작하는 것은 나 같은 사람에겐 굉장히 힘든 일이었다. 육체는 정신을 담는 '그릇'이라지만, 그간 한 번도 내 그릇이 기능할 수 있다는 가능성을 상상해볼 기회가 없었다. 중학생 때 이후론 숨이 가쁠 만큼 달려본 적도 거의 없고, 친구들과 부대끼며 운동해본 기억도 없다. 고등학교 1학년 체육 시간엔 반짝거리는 토슈즈를 신고 창작 연극을 하거나 한 학기 내내 실내에서 허벅지 얇아지는 스트레칭을 따라했다. 2학년 땐 여자는 체육 대신에 음악 수업을 듣게 돼 그마저도 없어졌다.

　체력은 생선가시 수준임에도 몸이 마른 편이라 그간 운동 필요성을 크게 못 느낀 점도 치명적이었다. 어떤 운동이든 여자 타깃으로 홍보할 경우 '단기간에 지방을 잡아 빼는 시술'이 되곤 한다. 20대 때는 주변, 광고의 영향으로 '마른 몸 = 예쁘고 건강한 몸'이라고 생각했다. 하지만 나이가 들고 업무 강도 조절 브레이크가 고장 나자 상황은 달라졌다. 작대기 같은 몸에 에너지를 담을 공간이 있을 리 만무했다. 매일 얕은 접시에 담긴 물을 간신히 떠먹는 느낌이었다.

그 와중에 매일같이 위장에 술을 부어대고 몸을 혹사시켰으니 비루한 몸이 지금까지 '기브 업'을 외치지 않고 버텨준 것만 해도 '세상에 이런 일이' 급의 감동 실화이자 '체험 삶의 현장' 급의 서스펜스라고 생각한다.

나 정도까진 아닐 수도 있겠으나 대한민국의 직장인들은 어느 정도 비슷한 고충을 겪고 있을 것이다. 굳은 허리와 어깨는 매일같이 비명을 지르고, 만원 전철에 몸을 싣고 퇴근하면 손가락 하나 까딱할 수 없는 상태가 되고, 그리고 다음 날 또 같은 하루를 반복하기 위해 피곤한 몸을 뒤집으며 잠에 들고.

나 역시 이런 일상이 계속되리라는 사실에 대해 털끝만치도 의심하지 않았다. 항상 영어 좀 배워야지 하면서 결국 야너두나두 작심삼일이 되는 것과 비슷한 맥락이었다. 만약 예전의 나에게 "넌 2년 후에 술보다 운동을 더 좋아하는 운동덕후가 될 거야"라고 누군가 말했다면 '말 같지도 않은 소리 하지 말라'며 정색했을 것이 분명하다.

하지만 지금 나는 저녁 일정이 있지 않은 이상 반드시 주 3~5회 정도 꾸준히 운동을 다닌다. 그렇게 된 지가 만 2년이 넘었다. 잠깐이라도 짬을 내 운동을 하면 하루 종일 구부정하게 앉아서 노트북만 보던 몸에 활력이 솟아난다.

당장 느낀 사소한 변화라고 한다면 참치 캔과 올리브유 등이 가득 든 회사 명절 선물 세트가 거뜬해졌다는 것이다. 의아해서 앞에 적힌 무게를 보면 5킬로그램 정도. 내가 덤벨 컬(dumbbell curl)할 때 한 손에 드는 무게보다 적다. 불과 몇 년 전엔 똑같은 선물 세트를 지고 집에 가느라 양팔에 근육통이 생기고, 걸으면서 흔들린 선물 세트와 부딪힌 정강이엔 온통 멍이 들어서 울 뻔 했던 기억이 생생하다. 마치 어렸을 적 다락방에서 무서운 귀신을 봐서 트라우마가 생겼는데 알고 보니 흰 테이블보였다는 사실을 알게 된 느낌이었다.

소파 위에 늘어져서 낮잠 자기 바빴던 주말은 오로지 운동에만 집중할 수 있는 '꿀 같은 날'이다. 운동을 시작한 이래로 체중과 근육이 늘어서 엄마가 날 부르는 애칭이 '우리 딸'에서 '고릴라'가 되었고(칭찬이다), 매일 마시던 술은 거의 끊었다. 이유는 단순하다. 술을 마시면 당일은 물론이고 다음 날 운동에도 지장이 있기 때문이다. 운동으로 인한 지연성 근육통은 있을진대 일상적이던 어깨, 목, 척추 통증은 사라졌다. 그리고 내 일상은 아주, 많이 바뀌었다.

다치지 않고 오래 운동하기 위해 공부도 해서 2018년엔 생활체육지도자 자격증을 땄다. 그 이후로도 책을 보며 운동과 공부를 꾸준히 병행하고 있다. 목표는 하나다. 정신을 담는 그릇을 지금처럼 건강하게 유지하기. 그래서 40~50대에 지금보다 더 괴상하고 제멋대로 살아도 지치지 않기.

만약 지금 누군가 내게 "무인도에 세 가지를 가져갈 수 있다면 뭘 가져갈래?" 이런 질문을 다시 던진다면 고민 없이 이렇게 말할 것이다. 벤치, 덤벨 세트, 스쿼트 랙.

1장 · 나는 어쩌다 운동러가 되었나

네,
재미없는 운동합니다

○

‘헬스장 옆에 복싱장, 복싱장 옆에 태권도장, 태권도장 옆에 크로스핏 박스…’ 길을 걷다 보면 종종 재밌는 풍경을 본다. 비슷한 종목의 체육관들이 붙어있다시피 들어선 경우다. 심지어 같은 상가에 나란히 입점했을 때도 있다. 당연히 이런 곳에선 신경전이 장난이 아니다.

　그들의 ‘경쟁’은 때로 귀여운(?) 비방전으로 치닫기도 한다.

　우리 집 맞은편에도 나란히 체육관이 들어와 있는데 격투기, 호신술 등을 가르치는 도장의 바깥엔 “아직도 지루한 러닝머신을 뛰십니까?”라고 대문짝만하게 쓰여 있다. 광고가 지목하는 타깃은 물론 옆 건물의 내가 다니는 헬스장이다. 아침에 버스 타러 갈 때마다, 혹은 운동을 갈 때마다 거대한 현수막이 “아직도 지루한 헬스장을 다니십니까?” “이놈아! 벌써 몇 년째야!”라고 채근하는 듯해 기분이 조금 묘하긴 하다.

헬스는 '지루한' 운동의 대명사다. 헬스를 취미삼은 지 어언 3년이 넘어가지만 여전히 "제 취미는 헬스입니다"라고 말하면 누군가는 마치 내가 '재활용 쓰레기 버리기'나 '이불에서 삐져나온 실밥 뜯기'가 취미라고 말한 것 같은 표정이 되곤 한다.

그럴 만도 한 게 요샌 운동에도 많은 선택지가 존재한다. 불과 10년 전쯤이라면 동네에선 보기 힘들었던 클라이밍, 역도, 플라잉 요가 등 다양한 종목을 가르쳐주는 숍들이 골목골목에 생겨나고 있다. 최근엔 여러 명이 함께 모여서 운동하는 프로그램이나 무료 러닝 클럽도 많다.

다양한 운동들 가운데서도 인기를 끌고 있는 종목을 아우르는 가장 큰 특징이라면 역시 '커뮤니티성'이 아닐까 싶다. 나도 생존을 위해 운동 결심을 하고 나선 한동안 이런저런 운동 커뮤니티를 찾아봤다. 기왕이면 난생처음 운동에 재미를 붙이기 위해 첫 발은 흥미로운 프로그램으로 떼는 것도 괜찮다고 생각해서다. 하지만 곧 관심을 거뒀다. 요새 인기인 운동 프로그램을 소개하는 홈페이지엔 죄다 선남선녀가 짝을

지어 수업을 듣는 장면이나 '인싸력' 만렙인 젊은이들이 예쁜 레깅스 운동복을 입고 떼 지어 즐겁게 카메라를 바라보고 있는 사진들뿐이었다. 나는 본능적으로 알아챘다. 그들의 세계와 인스타 계정조차 없는 30대 집순이의 세계는 구멍 난 양말과 에펠탑만큼이나 큰 간극이 있음을.

나는 여가 시간에 혼자 나만의 세계에 빠지는 걸 좋아하는 편이다. 물론 나 역시 사랑하는 사람들과 함께 있는 시간을 좋아하지만 불특정 다수를 만나면서 에너지가 충전되는 사람이 있고 방전되는 사람이 있다면, 나는 단연 후자다. 운동을 '원데이 클래스'가 아닌 지속적인 일상의 풍경으로 만들기 위해서 종목을 선택할 때 반드시 내 성향도 고려해야 했다.

사람마다 '가장 잘 맞는 양말'처럼 푸근하게 그 자리에 있을 수 있게 해주는 운동이 있다. 내게 있어선 헬스가 그랬다. 헬스는 기본적으로 '혼자 하는 운동'이다. 파트너나 선생님과 함께 운동을 한다 해도 어차피 옆에 있는 사람이 내 바벨을 대신 들어줄 수 없다. 눈을 부릅뜨고 바벨을 쥐고 일어서는

순간은 온 세상에 오직 나 혼자다. 언제 어디서나, 집 근처가 아닌 낯선 헬스장에서도, 이어폰을 귀에 꽂는 순간 작은 랙 안은 오롯이 나만의 세계로 변한다.

보통 운동이 취미라고 하면 "활동적이시겠네요"라는 말을 듣곤 하지만, 적어도 웨이트 트레이닝에 있어서는 그렇지 않다. 이 활동은 상당히 고독하고 정적이다. 거의 참선 수준이다. 하루하루 나만의 목표를 정하고 수행해내야 한다.

힘이 세다고 매양 로봇처럼 정해진 무게를 거뜬하게 들어올릴 수 있는 것은 아니다. 하체 컨디션이 안 좋지만 상체 컨디션은 좋을 수도 있고, 광배근에 자극을 먹이려는데 엉뚱하게 기립근에 힘이 들어갈 수도 있다. 1세트 15회를 해도, 1세트 안에 제대로 타깃 근육에 자극이 가도록 운동되는 횟수는 네다섯 번에 불과하기도 하다. 거뜬하게 드는 것을 목적으로 수월한 무게만 들다 보면 성장은 기대할 수 없다.

항상 '끄아아악'과 '으악' 사이의 어디쯤에서 줄타기를 해야 하는 기분인데, 그러면서도 다치지는 말아야 한다. 고독하게 운동할 수밖에 없는 이유다.

헬스는 통상적인 의미에서 굉장히 재미없는 운동이 맞다. 다치지 않고 몸을 키우기 위해선 해부학, 생리학 등의 공부를 조금씩이라도 꾸준히 해야 한다. 컨디션 유지와 근 성장을 위해선 끼니도 라면이나 과자가 아닌 밥으로 제대로 챙겨먹어야 하며 양질의 휴식을 취하는 것도 기본이다. 항상 도사리고 있는 부상의 위험을 피하기 위해 어디 아픈 곳은 없는지 늘 몸의 소리에 귀 기울이며 몸을 살뜰히 돌봐야 한다. 운동 시작하고 나서 스스로 적극적으로 하게 된 일이 몇 가지 있다. 장보기, 요리, (아프기도 전에) 병원 가기다.

운동 준비 과정이 지루하다면 운동이라도 흥미진진해야 하는데 그것도 아니다. '경쟁' '갈등' 등 스포츠의 재미를 이루는 사람 간 상호작용은 거의 없다시피 하다. 운동 과정 내내 이를 악물고 머리 위에 매달린 '한계'라는 공에 한 번이라도 닿으려는 시도, 최소한만 쉬고 다시 바벨을 들고 자리에서 일어서려는 노력, 내가 목표로 하는 근육에만 무게를 실으려는 집요함은 즐거움보다는 매저키스트적인 자기 극복에 가깝다.

그래도 이 운동을 놓을 수 없는 이유가 있다. 출장지에서 낯선 헬스장의 문턱을 밟는 순간, 구두와 정장을 벗고 운동복으로 갈아입는 순간, 비밀 술집을 찾은 〈고독한 미식가〉의 고로상이 된 듯 나무 구멍에 빠진 앨리스가 된 듯 단숨에 운동의 세계로 빠져든다. 내게 있어 낯선 장소에서 발견한 헬스장은 우연히 발견한 혼술하기 딱 좋은 가게와도 비슷하다.

지루함이라는 블록들이 쌓여 만들어내는 마시멜로우 같은 순간들도 내겐 소중하다. 어제는 힘이 달려서 한 번 밖에 못했던 턱걸이를 언제 그랬냐는 듯 쑤욱 5번이나 할 때. 40킬로그램짜리 바벨을 지고 스쿼트하는 사람을 부러워했던 내가 어느새 60킬로그램짜리 바벨을 지고 안정적으로 스쿼트를 수행해낼 때. 처음엔 정강이와 무릎에 멍 자국만 잔뜩 만들었던 컨벤셔널 데드리프트가 어느새 내 최애 운동이 됐을 때. 캐리어 끄는 것조차 힘들어하던 내가 가족 여행을 갔다가 공항 컨베이어 벨트에서 20킬로그램 넘는 우리 집 캐리어를 번쩍 들어 올릴 때.

그런 일이 반복되다 보면 나중엔 머릿속에 마시멜로우를

떠올리는 것만으로도 고난의 시간이 그럭저럭 참을 만하게 된다. 아니, 그 시간마저도 즐거워지는 기묘한 인류가 되고 만다.

"언제까지 지루한 러닝머신을 타실 건가요?"라고 묻던 현수막. 여기엔 여러 가지 다른 말을 넣을 수 있다. "언제까지 지루한 바벨을 드실 건가요?" "언제까지 지루한 머신에 매달려 있을 건가요?" 나는 이렇게 답하고 싶다. "그게 뭐 어때서요? 태생이 지루한 걸 좋아하는 저 같은 '지루형 인간'도 있는 법입니다."

'괜찮아, 어차피 근육 안 생겨'라고
말할 때

o

"그런데 그렇게 운동하다가 너무 우락부락해지면 어떡해? 너는 걱정 안 되니?"

내 취미가 웨이트 트레이닝이라고 하면 오랜만에 만난 지인이든, 몇 번 안 본 사람이든 종종 저런 말을 한다. 유사한 말로는 "나도 헬스하고 싶긴 한데 난 근육이 너무 잘 붙어서 좀…" "너는 지금이 딱 보기 좋은데…" 등이 있다. 이런 말들을 들으면 정작 하고 싶었던 말은 꺼내지도 못하고 이렇게 말하곤 한다.

"괜찮아. 어차피 여자는 아무리 열심히 해도 우락부락해질 정도로 근육이 생기진 않아."

모종의 취미에 빠져본 사람이면 알 것이다. 취미를 갖는다는 것은 자랑하고픈 '최애돌'을 갖는 것과 유사하다. 가끔 퇴근하고 헬스장에 갈 때 가기 싫다는 말이 턱 끝까지 차오르기도 하고, 업무 때문에 반 녹초가 돼 헬스장으로 향하며 캘린더를 봤는데 '하체 운동하는 날'이라고 적혀 있는 날이면 욕지기가 튀어나올 것 같지만, 남에게 그것에 대해 이야기할 때는 좋은 점만 보이고 싶다.

대체로 내 취미에 관해 운을 띄웠을 때 반응이 저렇다 보니 '본론'으론 들어갈 수조차 없다. 사실 나는 괜찮다는 말이 아니라 웨이트 트레이닝의 멋짐에 대해서 말하고 싶다. 근육이 붙기 시작하면 얼마나 자기 효능감이 올라가고, 주변의 칭찬이 없어도 자존감이 얼마나 높아지는지에 대해서, 말이다.

내가 "아무리 열심히 해도 근육 안 생기니까 괜찮다"라고 말하는 건, 마치 트럼펫이 취미인 사람이 "아무리 열심히 연습해도 난 쳇 베이커가 엉덩이로 연주하는 것보다 못할 거니까 괜찮다"라든가 글쓰는 게 취미인 사람이 "아무리 열심히 써도 내 글은 타지 않는 쓰레기일 게 분명하니까 괜찮아"라고 위안삼는 것이나 다름없다. 맞는 말이긴 한데, 좋아하고 열중하는 일에 대해 스스로 저렇게 말해야 한다는 것이 상당히 아이러니하고 김새는 일이다.

최근엔 조금씩 인식이 바뀌고 있다곤 하지만 여전히 근육 많은 여자, 너무 뚱뚱한 여자, 남자처럼 가슴이 밋밋한 여자, 지나치게 키 큰 여자 등은 사회에서 소위 '권장되지 않는' 존재다. 물론 남자에게도 권장되는 이상적인 이미지가 있지만 여성에게 주어지는 잣대는 훨씬 엄혹하다. 버스나 지하철역의 무수한 성형 광고 속 여자들은 '너 같은 애가 시침 떼고 멀쩡한 척 즐겁게 살아가는 것 자체가 뻔뻔한 일'이라며 다그치는 것만 같다.

친구들끼리 모이면 농반으로 "왜 이렇게 내 주변 남자들은 다 제 뜻대로 생긴 사람밖에 없을까?" 하소연을 하곤 했다. 남자들은 덜 묶은 풍선처럼 몸무게가 왔다 갔다 하는데도 여자들은 일정 몸무게 이상 살이 찌지 않도록 각고의 노력을 한다. 이 사회를 살아가는 여성들에게 있어서 아름답고 가녀린 몸, 혹은 정상 범위 내의 체중을 유지하는 것은 선택이라기보다 생존을 위한 조건에 가까워 보인다.

대학 시절 나도 사랑받기 위해선 항상 무언가를 '해야 한다'는 강박에 시달렸다. 내 몸은 온통 콤플렉스 덩어리였다. 선천적인 말라깽이라 가슴이 너무 작았고, 매양 앉아만 있어서 엉덩이가 납작했고, 매부리코에 항상 꺼벙한 눈은 졸려 보였고, 머리만 큰 콩나물 몸매의 소유자였다. 중간고사 기간이면 허벅지 사이에 사전을 끼우고 공부하기 위해 학교 도서관에 못 가고 집에서 공부하기도 했다. "네 성격은 더러운데 괜찮게 생겨서 사귄 거야." 농반진반으로 말하는 당시 애인에게 차마 못생긴 모습을 보여줄 수 없어 찜질방에서조차 렌즈를 끼고 빨간 눈을 하고 있던 기억도 선하다. 예전에 노래방에서 흥에 겨워 구성진 최신 유행 가락에 맞춰 걸그룹 댄스를 추자 누군가 내게 말했다. "넌 그 자신감이 대체 어디서 나오는 거야? 설마 얼굴은 아닐 거고."

나도 어릴 적엔 상당히 자존감이 높은 사람이었다. 엄마는 고슴도치 엄마처럼 날 사랑했고, 난 사랑과 신뢰에 보답하기 위해 공부를 열심히 했다. 반장을 했고 많은 상장도 받았다.

'내가 바꿀 수 없는 무언가' 때문에 존재를 부정당해 본 것은 성인이 되고 연애를 하면서가 처음이었다.

사회는 어떻게든 내 몸에서 잘못된 것을 비집어 꺼냈다. 내가 스스로를 좀 사랑해 보려고 하면 '열폭' '자기위안' 등의 단어가 내 존재를 깎아내려 했다. 사회가 정한 잣대에 맞는 여성은 현실적으로 존재할 수 없고 존재할 필요도 없었는데, 단점은 두더지 게임의 두더지처럼 아무리 두드려 넣어도 어디선가 꾸준히 나타나 나를 괴롭혔다. 화장이 잘 안 먹은 날은 하루 종일 괴롭고, 뾰루지 하나가 나거나 눈이 조금만 부어도 계속 신경이 쓰였다. 사진 찍을 때 웃으면 볼 살이 부각돼 언제부턴가 웃지 않게 되었다. 그날 찍은 사진 속에 남은 건 뾰루지나 볼 살이 아닌, 화창한 날씨와 맑은 하늘, 아름다운 나무 등 행복하기 가장 좋은 조건 속에서도 이 모든 것들을 단지 남의 시선 때문에 즐기지 못한 우울한 내 얼굴뿐이었다.

그런 내가 변한 건 웨이트 트레이닝을 시작하면서부터다. 운동의 진짜 효능은 살이 빠지는 것 혹은 자기 관리가 되는 것이 아니다. 운동과 사랑에 빠지는 일의 진짜 효능은 '살이 찌든 빠지든 내가 내 몸을 사랑하게 되는 것'이다.

운동을 할 때의 나는 되게 못생겼다. 쌩얼에 상투 튼 곱슬머리, 땀범벅이 된 옷. 운동을 하다 세트 막바지에 1~2번이라도 더 땡기려고 할 때는 혹시라도 거울 속 나와 눈이 마주치지 않기 위해 노력해야 한다. 미간을 똥구멍처럼 찌푸린 채 콧구멍을 벌름거리는 꼴이 웃겨서 갑자기 힘이 쪽 빠질 수도 있기 때문이다.

그런데 그런 내 얼굴이 싫지만은 않다. 아니 되레 사랑스럽게 느껴진다. 운동할 때의 내 모습은 콧물을 먹으며 해가 지도록 마음에 든 놀이 기구에 달라붙어 있던 천둥벌거숭이 어린 시절을 떠올리게 한다. 그때의 나는 웃길 땐 배가 터져라 웃었고, 힘들 땐 다리를 벌리고 모래 위에 주저앉았고, 뛸 땐 온몸으로 뛰었다.

아직까지 우락부락이 되려면 멀었지만, 나는 사회가 권유하는 '정상'에서 벗어나는 노정에서 그 어느 때보다 내 자신을 사랑하게 됐다. "넌 참 눈이 예쁘네"라는 남의 칭찬보다도 등에 진 50킬로그램짜리 바벨을 60킬로그램으로 올려 잡을 때의 쾌감이 비교할 수 없을 만큼 크다는 것을 알았기 때문이다. 단단한 승모는 스쿼트할 때 중량을 받쳐주는 소중한 존재고, 제법 커진 팔뚝은 모든 상체 운동을 할 때 힘을 내게 도와주는 든든한 친구다.

지금의 나는 소위 걸그룹의 미용 몸무게라는 '46킬로그램'에서 숫자 앞자리를 바꿔 끼웠고, '등빨'이 커지면서 여리여리한 몸매일 때 백화점에서 비싼 돈 주고 구입했던 결혼식용 원피스들이 무릎 위로 껑충 올라와 입을 수 없게 되었다. 연애할 때 입었던 스키니진이나 핫팬츠들도 '벅지'가 커지면서 죄다 맞지 않게 되었다. 하지만 정말 행복하다.

어떤 여자는 존재 자체만으로도 다른 여자들의 힘이 된다. 지난 7월 에어서울 최초의 여자 부기장이 된 전미순 씨는 "내가 부기장이 되면서 그 이후 여성 지원자가 늘고 있는 추세"라고 말했다. 나도 내 존재가 다른 여성들에게 저렇게 제멋대로, 다르게 살아도 된다는 영감을 줄 날이 오길 고대한다. 일단 그러려면 백주대낮에 벗고 다닐 수는 없는 노릇이니 옷을 입고도 좀 우락부락해져야 할 텐데, 그것이 힘들 것 같아 고민이긴 하다.

"그렇게 운동하다가 우락부락해지면 어떡할래?"라는 친숙한 질문. 이젠 이 질문에 대한 대답의 방향을 조금 바꿔볼까 생각 중이다.

"열심히 하면 여자도 얼마든지 우락부락해질 수 있어. 내 꿈은 여자 마동석이 돼서 상큼하게 풀 스쿼트 100킬로그램 치는 거야. 응원해줄래?"

이 돈이면 차라리
PT를 받고 말지

○

"이전에 운동 뭐하다 오셨어요?" 계란 한 판 넘은 나이에 헬스장 입구를 기웃거리다 보면 으레 이런 질문을 듣곤 한다. 여기서 '뭐하다'의 리듬이 중요한데, '뭐'에 강조가 찍힌다면 '참 몸이 좋으시네요. 운동 좀 했겠는데 종목이 뭡니까?'라는 의미고 '뭐'가 한발짝 뒤로 밀린다면 앞에 괄호로 싸인 '혹시' 혹은 '설마'의 존재를 추측해볼 수 있다.

'(설마) 이전에 운동한 적이 있긴 하신가요? 헬스장 3개월 회비 공중분해권(拳)?' 대체로 나를 앞에 둔 트레이너들의 말투는 후자 쪽이었다. 나는 머쓱하게 대답하곤 했다. "아, 네. 초등학교 때 체육시간에 피구를… 좀 했습니다."

사실 예전에도 헬스를 하긴 했었다. 그게 10년 전이라서 그렇지.

과거에 내가 헬스장에 등록했던 적은 딱 두 번이다. 첫 번째는 고3 수능 끝나고 나서, 두 번째는 대학교 2학년 때다. 아마 두 번 다 길거리에서 '왓! 헬스장, 신발보다 싸다!'라는 문구가 적힌 전단지를 받고 난 후였을 것이다. 이런 홍보 방식은 특히 나 같은 사람에겐 매우 효과적이었다. '운동 좀 해야 하는데'라는 생각은 현대인의 존재 기저에 달라붙은 죄책감 같은 것이기 때문이다.

길거리에서 무심코 건네받은 전단지는 '운동 안하는 나'의 멱살을 불시에 잡아 흔들었다. '야 인마, 너 술 두 번 마실 돈만 아끼면 3개월 등록할 수 있는데 이래도 운동 안 할 거야? 네가 그러고도 사람이냐!' 그렇게 나는 미끼를 물었다.

두 번 다 최소 3~6개월 이상은 끊었고, 가본 기억은 각각 다섯 번이 채 안 된다. 할 줄 아는 게 러닝머신 전원 켜는 것밖에 없었기 때문에 열심히 걷다가만 왔다. 가끔 통유리로 된 GX룸을 쳐다보기도 했다. 만렙 아주머니들이 크리스마스트리 같은 복장으로 레이디 가가의 '포커페이스'에 맞춰 벨리 댄스를 하는 걸 보고 있자니 도저히 그 틈에 낄 엄두가 안 났다.

각종 고문 기구처럼 생긴 기계들이 잔뜩 늘어선 웨이트 존역시 나의 공간이 아니었다. 남자들은 그곳에서 다양한 덤벨과 바벨을 바꿔 쥐며 팔이며 다리를 시계추처럼 까딱까딱 거렸다. 무슨 재미로 그런 걸 하는지도 모르겠고, 한다 해도 뭘해야 할지를 몰랐다. 덤벨 멀리 던지기나 벤치에서 낮잠 자기라면 할 수 있을 것 같았는데 아마도 그런 운동은 없었다.

그렇게 가끔 GX룸이랄지 웨이트 존을 기웃거리고 있자니 여느 때처럼 러닝머신에서 열심히 미드만 보다가 내려온 나에게 트레이너가 말을 걸었다. "회원님, 혹시 운동 관심 있으시면 OT 한번 받아보실래요?" OT라곤 신입생 OT 정도밖에 못 받아본 대학교 2학년의 나는 다소 주저하면서도 호기심이 생겨 제안을 받아들였다.

결론부터 말하자면 OT는 실패였다. 나는 매번 동작이 끝날 때마다 "이게 무슨 운동이냐"고 물어봤다. 어차피 이름을 들어봤자 금방 까먹겠지만 그래도 내가 한 짓이 무슨 효과가 있는 동작인지 정도는 알고 싶었다. 트레이너는 대답했다. "이건 가슴 커지는(?) 운동이에요." "이거는 종아리 살 빼는 운동이에요." 나도 모르게 표정이 굳었다. 나는 근력과 체력을 키워 덜 피곤하기 위해 헬스장에 꾸역꾸역 나온 거지 왕 가슴 모기다리가 되기 위해 헬스장에 온 게 아니었다. 내 표정을 살피던 트레이너는 악의라곤 없는 순진한 말투로 조심스럽게 물었다. "저기… 가슴 커지는 거 싫으세요?" 이후

10년 정도는 내 발로 헬스장을 찾을 일은 없었다.

내 나이가 계란 한 판을 넘고 다시 헬스장을 찾은 건 '도저히 이대론 못 살겠다'는 일념에서였다. 사무실 의자에 앉아만 있어도 매일같이 등허리가 급체한 것처럼 아팠다. 한의원에 갔더니 척추가 C컬로 엘레강스하게 말렸다느니 이 지경이 되도록 뭘 했냐느니 꾸지람을 잔뜩 늘어놨다. 품에 용한 부적을 숨긴 보살처럼 비장한 표정을 한 의사는 총액이 수백만 원에 달하는 척추 교정 치료를 권했다.

가격에 기함하고 터덜터덜 집에 오면서 문득 한 생각이 머리를 스쳐갔다. '이 돈이면 차라리 PT를 받고 말지…' 한의원에서 돌아오던 당시 마음으론 '회원님, 돈 내면 저희가 킴 카다시안 엉덩이 만들어줄게요'라고만 안 하면 어느 트레이너나 용납 가능할 것 같았다. 운동을 해야겠다는 마음을 먹고 나서는 주말마다 회사와 집 근처 헬스장을 순회했다. 이번에야말로 맘 붙이고 다닐 수 있을 곳으로.

크고 작은 헬스장들을 다니다 보니 다시금 '헬스장 회원권 공중분해'의 달인이었던 불행한 기억이 스멀스멀 떠올랐다.

예전 같으면 면접 보러 가는 마음으로 헬스장에 갔을 텐데, 운동을 제대로 해야겠다는 결심이 서고 나니 면접관이 된 느낌으로 헬스장들을 돌아다니게 됐다. 선택 기준은 간단했다. 내 몸과 마음 모두 편하게 다닐 수 있는 곳일 것, 매일 다니기에 무리가 없는 거리일 것이었다.

마지막까지 아껴뒀던 '집 앞 100미터' 반경에 있는 조그만 아파트 상가 헬스장에 들어섰을 때, 나는 직감적으로 이곳에 내가 뼈를 묻겠구나 싶은 생각이 들었다. 100평 남짓한 소담한 공간, 기구는 다 합쳐봐야 10개 남짓, 일대일 PT만 진행하는 곳이라 그런지 들뜨지 않은 분위기였다. 스피커에선 EDM이나 힙합 대신 유피의 '뿌요뿌요'가 흘러나오고 있었다.

게다가 화룡점정으로 TV 홈쇼핑 광고 속 손리처럼 머리가 반짝 빛나고 팔뚝이 내 허벅지만한 관장님이 카운터에서 걸어 나오자 나는 심장이 덜컹했다. 물론 관장님과 마주앉아 간단한 상담을 진행할 때는 각자 자동응답기처럼 정해진 멘트로 대화를 시작했다.

"무슨 목적으로 운동하러 오셨습니까?" "체력이 너무 약해 기초 체력과 근력을 키우고 싶습니다." 보통은 여기가 분기점이다. 여기서 살짝 의아한 표정으로 방문객을 위아래로 훑으며 "여자 분이 근육 운동 하시게요?" 혹은 "에이, 다이어트 하실 거죠?" 되묻는다면 막은 또 다시 내려갈 것이다. 그런데 관장님은 나 한 번 인바디 용지 한 번 번갈아보다 고개를 천천히 끄덕이며 말했다. "그러게요. 진짜 운동 좀 하셔야 될 것 같네요."

그렇게 나를 웨이트 덕후로 만들어준 헬스장과의 인연이 시작됐다.

플랭크하다가
무릎에 멍든 사연

○

지금은 자타공인 '웨이트 덕후'지만, 사실 처음부터 헬스로 운동을 시작할 생각은 아니었다. 정식으로 헬스장에 등록하기 6개월 전인 2016년 겨울, 나는 설레는 마음으로 클라이밍장 입구에 섰다. 인터넷에서 우연히 김자인 선수 시합 영상을 보고 첫눈에 반했기 때문이었다. 높게 매달린 홀드를 붙잡을 때 드러나는 기능적인 팔 근육, 떡 벌어진 어깨와 강인한 복근은 멋졌다. 한동안 핸드폰 배경화면을 김자인 선수 사진으로 해둘 정도였다.

어느 날 뜬금없이 숟가락을 입에 문 채 "아무래도 클라이밍을 해야겠어"라고 말하자 엄마는 얼마나 가나 보겠다는 표정으로 고개를 끄덕였다. 한번 마음을 먹으면 실행력은 좋은 편이라 나는 곧장 집 근처 클라이밍 초급반 수업에 등록했다.

나를 포함해 열 명 남짓이 초급반 수업 멤버였다. 설레발

을 치느라 미리 조그만 암벽화까지 사둔 나는 부푼 맘을 안고 첫 수업에 임했다. 클라이밍 선생님은 키가 작고 호두알처럼 땅땅한 근육을 가진 사람이었다. "클라이밍도 기본적으로 체력이 많이 필요한 운동입니다. 혹시 여기 오기 전에 운동 경험 있으신 분은 손 들어주세요."

"…" "의외로 좀 있으시네요. 운동 경험 없는 분들도 어차피 기초 체력 훈련도 병행할 거니까 걱정 안 하셔도 됩니다." 선생님은 모인 사람에게 종이를 한 장씩 나누어 주셨다. 간단한 신상 정보 및 체력 수준, 운동 경력을 적는 종이였다. 끄적끄적 이름, 주소를 적던 나는 체력 수준 란에서 잠시 연필을 멈추었다. 어디에 체크를 할지 몰라 연필을 멈춘 것은 아니었다. 다행히 주관식은 아니었다. '상 중 하' 가운데 하나에 동그라미를 치면 됐다.

다만 '하' 뒤에 '최최하' 혹은 '없을 무'를 따로 적어야 되는 건 아닌지 고민했을 뿐이다. 옆에 앉은 사람의 종이를 슬쩍 건너다보았다. 그는 운동 경력 란에는 PT 1년, 체력 수준 란에는 중이라고 적어 놓았다. 갑자기 그의 머리 뒤로 번쩍 후

광이 비치는 것 같았다. 나는 결국 종이를 가리고 소심하게
보일 듯 말 듯 '하'에다가 체크해서 냈다.

김자인 선수의 등반을 보고 클라이밍장에 가는 것은, 마치
쇼팽 콩쿠르 우승자의 무대를 보고 피아노 학원에 등록하는
것과 마찬가지였다. 시작이 그럴 수는 있겠지만, 현실과 환
상이 크게 다르다는 점만큼은 분명했다. 수업 시간 1시간 가
운데 20분 정도는 클라이밍이 아닌 체력 단련 시간이었다.
이 시간엔 홀드 두 개를 양손으로 붙잡고 매달려 버티기 연습
을 하거나 플랭크 등 코어 운동을 했다.

플랭크라는 단어를 들어본 것조차 난생처음이었다. 나는
눈치를 살피다가 다른 사람들이 하는 것처럼 양 팔꿈치를 매
트 위에 놓고 '엎드려뻗쳐' 벌서듯 몸을 딱딱하게 기울여 굳혔
다. 순간 내 의지와 상관없이 몸이 휘청거리다가 무릎이 바닥
으로 툭 떨어졌다. 플랭크 훈련은 두 명씩 한 조를 짜서 서로
자세와 기록을 봐주는 방식으로 진행됐는데, 나의 파트너는
1년간 PT를 받았다고 적어냈던 바로 그분이었다.

"앗 죄송해요…" 내 입에선 죄송하단 말이 반사적으로 튀

어나왔다. 그가 빙긋 웃으며 괜찮다고 말해도 민망한 감정은 쉬이 가시지 않았다. 'I'm sorry'를 우리말로 풀면 유감이라는 뜻도 있다던데, 사실 정말 그분에게 죄송하다기보다는 내 마음속 유감이 툭 터져 나온 말 같았다. 누구의 탓도 할 수 없고, 누구에게 화를 낼 수도 없지만 그저 스스로 착잡한 마음. '난 왜 이렇게 체력이 바닥일까…' 유감이었다.

민망함은 어느새 오기로 바뀌었다. 나중엔 무릎을 슬쩍슬쩍 대면서라도 억지로 1분을 버텼다. 누군가는 1분을 훌쩍 넘겨 여유롭게 플랭크 자세를 지속하기도 했다. 나의 파트너도 수월하게 해내긴 마찬가지였다. 1분을 넘기진 않았지만 그는 주어진 시간에 플랭크를 거뜬하게 해냈다. 아마도 1분을 넘기지 않은 것은 나에 대한 작은 배려가 아니었을까. 난 하얘진 무릎을 털며 구석에 앉아 파트너의 모습을 그저 부럽게 쳐다봤던 것 같다.

무리하게 버틴 충격은 이틀 후쯤 왔다. 집에서 잠옷을 갈아입는데 양쪽 무릎부터 정강이까지 거의 샛노랗게 변해버렸다. 처음엔 대체 어디서 다쳤는지 감이 안 잡혀 막연하게 자다가 굴러 떨어졌나보다 생각했는데, 다시 클라이밍장에 가서 플랭크를 하려고 매트 위로 엎드리는 순간 엄청난 고통이 찾아왔다. 몸에 힘이 빠질 때마다 양 무릎을 바닥에 꿍꿍 찧어댔으니 도톰한 매트조차도 완충 작용을 제대로 하지 못했던 것이다.

나중에 내가 얼마나 체력이 없는 사람이었는지에 대해 말할 때 항상 클라이밍장 일화를 거론하곤 한다. 그런데 지금껏 거두절미하고 "플랭크 하느라 무릎에 멍이 들었었어요"라고 했을 때 선뜻 이해하지 못한 사람이 대부분이었던 걸 보면, 과거 내 체력이 정말 불개미 수준으로 하찮았구나 싶다.

이후 중급반까지 수업을 들었지만 석 달 만에 체력이 갑자기 껑충 뛸 리는 만무했다. 여전히 색색의 홀드와 문제들은 '그림의 떡'이었다. 중급반 이후론 수업도 없는데 이용권을 결제하고 혼자서 홀드들을 가지고 놀자니 도저히 엄두가 나지 않았다. 기본적으로 클라이밍은 초보 때 혼자 하기 힘든 운동이다 보니 선뜻 연습에 나가기가 어려웠다. 수족냉증과 발저림이 심해 암벽화만 신으면 5초 이내로 발에 쥐가 나는

체질이기도 해서 석 달 이용권이 끝난 이후로 더는 클라이밍장에 나가지 않았다.

클라이밍을 포기하고 몇 달 뒤, 헬스장을 찾았다. 클라이밍 경험이 아무런 쓸모가 없어서 그런 건 아니었다. 클라이밍은 상당히 매력적인 운동이었다. 힘들더라도 계속 클라이밍을 했다면 지금쯤 주말마다 산행을 다니는 '클라이밍 덕후'가 됐을 수도 있다. 하지만 인생의 많은 일들이 그렇듯, 무언가를 하려고 할 때면 항상 수많은 갈림길이 존재한다.

클라이밍 수업을 듣는 과정에서 느낀 '유감'은 내 안에서 언젠가는 꼭 제대로 운동을 해야겠다는 다짐의 씨앗으로 남았을 것이다. 나는 훗날 기회가 맞아 웨이트 트레이닝을 선택했고 이제 그것은 내 삶의 일부가 되었다. 클라이밍을 포기하고 몇 달 뒤 헬스장을 찾은 나의 선택이 '옳았는지'는 모르겠다. 하지만 더 좋고 나쁜 운동은 없다. 단지 내게 맞는 운동과 맞지 않는 운동이 있을 뿐이다.

만약 내가 클라이밍을 그만두면서 '역시 몸 쓰는 활동 같은 건 나에게 맞지 않아' 혹은 '기껏 시작한 운동인데 3개월밖에

못하고 그만두다니 난 역시 의지박약이야라고 생각하고 그
후로 내게 맞는 운동을 다시 찾으려는 노력을 하지 않았다면
어땠을까. 아마도 아직까지도 아무런 운동도 시작하지 않고
골골대고 있지 않았을까.

여자 운동이
따로 있나?

○

아직은 엄마가 입혀준 화려한 원피스에 곱게 땋은 머리를 하고 다니던 다섯 살 무렵 일이다. 아버지 회사에선 매년 연말이면 임직원 자녀 노래자랑을 열었다. 부모님 덕에 싫은 자리에서 싫은 일을 해야 해 침울해 있던 나는 순간 단상에 놓인 상품에 혹했다. 무려 내가 가장 좋아했던 일본 로봇 만화 영화의 장난감이었던 것이다. 뚱해 있던 나는 순식간에 정수리까지 흥분으로 가득 찼고, 무대 위에서 감수광 뺨치는 소울을 담아 동요 한 곡조를 뽑아냈다.

그러고는 내가 상품을 받을 자격이 있는지에 대해서는 추호도 의심하지 않고 성큼성큼 상품을 향해 걸어갔다. 하지만 사회자는 파란색의 멋진 로봇 대신 단상 아래 있던 분홍색 '미미 옷 입히기' 세트를 꺼내 주었다. 순간 나는 그 자리에 모인 모든 ××건설 임직원 가족이 기절할 정도로 울어댔다(고 한다). 결국 그날 로봇을 손에 넣을 수 있었고 다시는 노래자랑 무대에 서지 않아도 됐다.

미미가 싫었던 것은 아니다. 이미 집에 많은 인형들을 가지고 있었다. 다만 나의 장난감 바구니엔 미미만큼 많은 로봇이 있었다. 어린 마음에도 왜 나에게는 당연히 미미 인형이 주어져야 하는지를 이해할 수 없었고, 그것이 서러웠을 뿐이다.

바나나 나무는 아무리 자라봤자 큰 바나나 나무라고 했던가. 그로부터 거의 30년이 지난 지금도 나의 성질머리는 크게 바뀌지 않았다.

고등학교 때는 전교에서 유일하게 바지 교복을 입고 다녀 별종 취급을 당했고, 호프집 알바를 하면서는 20킬로그램이 넘는 생맥주 통을 혼자 옮겨 "네가 남자냐"는 핀잔을 들었다.

딱히 남자처럼 행동하고 싶어서는 아니었다. 교복 바지를 입은 건 다니던 고등학교에서 우리 집이 자전거로 통학하기 딱 좋은 거리였기 때문이다. 치마를 입고 자전거를 탈 수는 없었다. 생맥주 통을 직접 옮긴 건 마침 손이 비었고 누군가에게 부탁하는 것보다 내가 직접 옮기는 게 시간이 절약됐기 때문이다.

운동, 그중에서도 중량을 다루는 웨이트 트레이닝은 '남자 운동'일까. 건강을 목적으로 공부하면서 운동하다 보니 초장부터 커다란 의문에 부딪혔다. 건강과 근력을 위해선 일정량의 근육이 필수적인데, 여성과 웨이트 트레이닝이라는 두 단어를 붙였을 때는 왜 건강에 중요한 근육의 자리를 체지방 감량이 차지하는 것일까.

성인병 예방이나 무릎 관절 보호 등을 위해서 과한 체지방을 줄이는 것은 중요하다. 하지만 건강을 위해서라면 우리 몸엔 적정량의 체지방이 필수다. 체지방은 체온을 보존하고 유사시에 필요한 에너지를 보충하는 중요한 역할을 한다. 특히 여성 호르몬의 영향으로 남성에 비해서 체지방이 높은 편인 여성의 경우, 체지방량이 지나치게 낮으면 생리불순, 불임 등의 치명적인 호르몬계 이상이 생길 수 있다.

만약 당신이 과거에 취미로 운동을 꽤 열심히 한 경험이 있다면 몸이 열의에 따르지 못해서 부상을 입은 경험이 있거나 운동하기 위해 기초 체력을 올려야겠다는 생각을 한 적이 있을 것이다. 그때 필요한 게 근육이다. 스포츠 선수들도 특정 부위의 부상을 막고 기초 체력을 올리기 위해, 신체 균형을 도모하기 위해 정밀한 웨이트 트레이닝을 실시한다.

근육은 우리 몸의 뼈나 관절 등을 붙잡아 고정시키고 일상적인 활동에서 파워를 내고 부상을 예방하는 중요한 역할을 한다. 근육이 적으면 신체를 구성하는 뼈와 관절 등이 제대로 자세를 잡지 못한다. 직장인들의 고질병인 목, 어깨, 허리 통증 역시 해당 부위의 근육이 지나치게 적기 때문에 오는 증상이다. 웨이트 트레이닝은 과학적인 훈련 및 머슬 컨트롤을 통해 부상을 최소화하면서 목표 근육을 키울 수 있다는 점에서 초보들이 안전하고 균형 잡힌 근육을 만드는 데도 적합하다.

처음 헬스장에 가서 '앉았다 일어서는' 동작을 구현한 '스쿼트' 동작, '계단을 오르는' 동작을 구현한 '런지' 동작을 할 때 무릎 통증을 호소하는 사람이 많다. 나 역시 마찬가지였다. PT 초반에 5킬로그램에 불과한 모래주머니를 등에 지고 런지를 했는데 다음날 왼쪽 무릎이 시큰대며 아팠다. 심지어 러닝머신 위에서 걷기만 해도 무릎이 욱신대서 유산소 운동조차 제대로 못했다.

회사 근처 정형외과에 다녀오던 날 '내가 운동을 잘못했나?' '건강 때문에 운동을 시작한 건데 외려 건강을 망치고 있는 건 아닌가?' 등 별 생각이 다 들어 침울해졌다. 하지만 알고 보니 내가 운동을 잘못해서 생긴 것도, 건강이 나빠져서도 아닌 무릎 주변 근육이 없다시피 해서 관절로 오롯이 무게를 받아 생긴 통증이었다. 이후 무릎과 연결된 허벅다리 앞쪽 근육을 강화하는 운동을 병행하다 보니 거짓말처럼 무릎 통증이 사라졌고, 나중엔 50킬로그램 바벨을 등에 지고 풀 스쿼트를 해도 무릎이 아프지 않았다.

생각해 보면 내가 평소 출퇴근 시 지고 다니는 노트북 가방 무게는 5킬로그램이 넘는다. 이 가방을 등에 지고 지하철 계단을 오르내리는 일이 일상인데, 이건 내가 5킬로그램짜리 모래주머니를 등에 지고 수십 번 런지를 하는 상황과도 같다. 런지를 하다가도 무릎이 아플 수 있으니 가방을 메고 일상적으로 계단을 오르내릴 때도 얼마든지 관절이 고장 날 수 있었다는 말이 된다. 특히 이동 경로가 만약 지옥의 6호선 버티고

개역이나 2호선 이대입구역 같은 곳이었다면 다음날 내 무릎엔 슬픈 일이 일어났을 것이다.

근육, 그리고 그것을 만들어주는 웨이트 트레이닝이라는 운동은 건강을 생각한다면 꼭 해야 하는 운동이다. 이런 운동이 단지 남자 운동의 카테고리에 묶였기 때문에, 사회가 요구하는 아름다운 몸이 근육이 없는 날씬한 몸이기 때문에 여성의 선택지에서 지워진다면 어불성설이다. 근육이 없는 몸은 당연히 잘 다친다. 건강을 위해서가 아니라, 잘 다치기 위해서 운동한다는 것은 정말 이상한 일이다.

여전히 웨이트 존엔 남자들이 대부분이다 보니 들어서는 것 자체가 꺼려질 수 있다. 하지만 같은 이용료를 내고서 스스로 위축돼 러닝머신에만 매달려 있는 것은 마치 카페에서 커피를 사면 사은품으로 나눠주는 맛있는 머핀을, 굳이 남의 눈치 보느라 참고 먹지 않는 일이나 다를 바 없다.

운동엔 여성적인 운동, 남성적인 운동이 없다. 모두의 건강을 위해선 '웨이트 트레이닝 하는 여자' '요가하는 남자'가 더 많아져야 한다. 짧은 인생, 가장 소중한 나의 건강을 위해서인데 남의 시선이 중요하겠는가. 한낱 장난감 로봇을 내놓으라고 연말 파티 분위기를 '갑분싸' 만드는 여자애도 있는데 말이다.

2장 · 부들부들 덤벨 댄스를 추면서

내게 낙제점을 날린 것은
네가 처음이야

○

쿠쿵—

"대장! 큰일입니다."

"무슨 일인가?"

"기체가 갑자기 무서운 속도로 흔들립니다. 혹시 이 인간, 운동이라도 하고 있는 건 아닐까요?"

"침착하게. 내가 이 얼간이의 조종간을 잡은 게 벌써 올해로 30년이 넘었는데, 그럴 일은 결코 없네. 차라리 트럼프가 영국 여왕이 된다면 모를까. 아마 칠칠맞게 어디 계단에서 구르고 있을 게 분명하네."

만약 그날 내 몸의 세포들이 말을 할 수 있었다면 이런 장면이 펼쳐지지 않았을까. 대망(大亡)의 퍼스널 트레이닝 첫

날. 다리를 어깨 너비 정도로 벌린 채 빈손으로 단지 몸만 앞으로 숙였을 뿐인데 땀이 비 오듯 쏟아졌다.

벌써 3년도 지난 일이지만 1차시부터 3차시까지 어떤 동작을 배웠는지 정확히 기억한다. 왜냐면 세 번째 시간까지 내내 한 동작만 배웠기 때문이다. 그 동작의 이름은 '스티프 레그 데드리프트(stiff-leg deadlift)'였다. 거창해 보이는 이름이지만 그대로 풀면 '다리 쪽 편 채 들어올리기'다. 똑바로 선 다음 상체만 앞으로 숙여 허벅지 뒤쪽 근육을 자극하는 운동이다.

동작 자체는 단순했지만 실제 동작을 해내는 것은 다른 문제였다. 보통 선생님이 먼저 시범을 보인 다음 내가 따라 하는 방식으로 수업이 진행됐는데 선생님은 너무나도 평온한 몸짓으로 상체를 푹 숙였다가 몸을 일으키는 동작을 몇 번 반복해 보여줬지만 나는 그러지 못했다. 내가 하도 못하니까 나보다 선생님이 운동을 더 했다. 한창 시범이 끝나고 상체를 일으킨 선생님은 내게 얼굴로 말했다. '이 정도까지 보여줬는데 못하면 당신은 강아지입니다.'

나는 신경이 바짝 곤두서서 엉거주춤 동작을 따라 했다. 일단 양 발바닥을 지면에 밀착했다. 이때 상체를 앞으로 숙여도 쓰러지지 않기 위해 발바닥이 들려선 안 됐다. 발바닥을 지면에 뿌리처럼 심어 놓았다는 생각으로 발바닥 중앙에 무게 중심을 싣는 것이 기본이다. 무릎이 굽혀지지 않도록 양다리가 꼿꼿한 막대기가 되었다고 생각하고 최대한 쭉 편다. 막대기를 쥔 채 서서히 상체를 앞으로 숙인다. 그리고 다시 상체를 천천히 원상태로 되돌린다.

하다가 하도 안 되니 꼼수를 부렸다. 눈앞에 '하늘같은' 부장님이 있다 가정하고 천천히 90도에 가까울 정도로 인사한다고 생각했다. '안녕'에 고개를 숙이고 '하세요'를 하면서 등허리부터 위로 올라갔다. 나는 한 세션(1세션=8세트, 1세트=같은 동작 15회) 동안 120번을 상상 속의 부장에게 인사를 한 것이다. 머리로는 쉬웠지만 실제로는 온몸이 주책없이 웨이브를 탔다. 허리와 등은 반드시 꼿꼿이 편 상태로 유지하는 것이 중요했기 때문이다.

화기애애했어야 할 수업 첫 시간부터 멘탈이 조각난 나는 집에 와서 선생님의 말을 복기하며 일기를 썼다. 매 동작을 나노 단위로 나누어 달달 외웠다. 머리 어깨 무릎 발 무릎 발. 하지만 외운 동작을 막상 해보려고 하면 서투른 인형사에게 매달린 꼭두각시 인형처럼 발 따로 손 따로 놀았다. 세 시간 내내 이런 루트의 무한 반복이었다.

(이번에야말로 다리를 똑바로 펴야지.)

"허리 왜 굽습니까! 허리!"

(앗 허리… 맞아, 허리 똑바로 폈어야 되는데.)

"왜 또 허리가 펴지니까 다리가 굽어요."

뿔테 안경을 쓴 수더분한 인상의, 뭔가 내 상상 속의 PT 선생님과는 조금 다른 이미지였던 그 선생님은 세 번째 세션 중에도 여전히 끙끙대고 있던 내게 공손하지만 심각한 어조로 이렇게 말했다.

"회원님… 일부러 그러시는 거죠?"

"네?"

혼신의 힘을 다해 바벨 댄스를 추고 있던 나는 백스페이스 버튼을 누르려다 노트북 전원을 꺼버린 표정으로 선생님을 바라봤다. "지금 저 괴롭히려고 일부러 그러시는 거죠?"

사람은 원래 못한다고 혼나면 그 일이 하기 싫어지기 마련인데, 이상하게도 화가 나진 않았다. 세 번째 만난 사람에게 저런 얘기를 듣는 것도, 못한다는 말을 면전에서 듣는 것도 오랜만이라 오히려 신선했다. 다짜고짜 따귀를 때린 여주에게 "날 때린 건 네가 처음이야"라고 말하는 드라마의 한 장면을 본 것 같은 여운이 남았다. 마른 가슴에 불이 확 당겨졌다. 난 싸대기 맞은 남주처럼 얼굴에 손을 가져다대며 비장한 표정으로 읊조렸다.

'그래. 이게 내가 못하는 일이야. 잘 만났군.'

대부분의 초보들은 보통 이 단계에서 운동을 포기한다. 하지만 내가 못한다는 걸 진솔하게 받아들이는 경험이야말로 운동을 본격적으로 시작하기 위한 핵심 단계다. 사람들은 나이가 들수록 자기가 무언가를 못한다는 사실을 인정하는 데 박해진다. 어렸을 땐 구몬 선생님한테도 혼나고, 엄마 아빠한테도 혼나는 게 일상이지만 나이가 들면 술을 먹다가 조금 늦어도, 주말에 늦잠을 자도 부모님도 나를 잘 안 혼낸다. 연차가 쌓이면 회사에서 듣는 꾸지람도 줄어들기 시작한다.

지금 내가 혼나지 않는다고 해서, 10대나 20대 때의 나보다 더 훌륭하고 완벽한 인간일 리는 없다. 어렸을 땐 새로운 것을 많이 배웠고, 주변에 나에게 헌신적인 애정을 품은 사람들이 많았기에 혼나면서 새로운 것을 배울 기회가 많았을 뿐이다. 혼이 났다는 것, 즉 내가 못하는 것을 알게 됐다는 것은 새로운 것을 시도했다는 뜻이다.

익숙하지 않은 것은 나이가 예순이 됐든 여든이 됐든 못하는 게 당연하다. 나는 30년 넘게 운동과 담쌓고 살아왔다. 서른 살 넘은 지금도 새로운 것을 배우려면 당연히 혼나야 하는 게 맞다. 어찌 보면 운동 경험도 바닥이고 운동 신경, 체력, 모든 부분에서 하위 1퍼센트 수준이었던 게 역설적으로 의욕을 불태우는 데 도움이 됐을 수 있다. 혼나도 사실적시에 의

한 명예훼손인데다가 훼손될 명예도 없어서 타격이 덜했으니까 말이다.

처음엔 PT 10회를 등록했었다. 회당 4~5만 원씩 지불하며 운동하기엔 돈이 부담되기도 했고 조금만 배우고 혼자 해볼 요량이기도 했다. 하지만 10회 중 3회를 한 동작에만 쏟아 부었을 정도의 몸치였으니, 아쉽게도 10회가 끝난 뒤에도 처음 헬스장 문턱을 밟던 때와 거의 변화가 없었다. 10회가 끝나자마자 설마 갑자기 내면의 운동 신경이 깨어나 굉장한 헐크가 되리라고 기대하진 않았지만 이 정도로는 앞으로 택의 택도 없을 것 같았다.

돌이켜 생각해 보면 첫 PT 10회는 내게 무슨 의미가 있었다기보다 내가 얼마나 심각한 상태인지 선생님에게 예고를 보내는 오리엔테이션 정도의 의미였던 것 같다. 그리고 내가 얼마나 혼나는 것을 기꺼워하는 묘한 성격인지에 대한 예고이기도 했을 테다. 몇 번이고 혼낼 때마다 기죽기는커녕 빙글거리고 있었으니 혼내는 당사자는 얼마나 답답했을까.

그런데 내가 못한다는 걸 쿨하게 인정하고 나니, 혼나는

게 정말 좋았다. 한 번 혼날 때마다 내 운동 노트에 새로 알게 된 사실이 하나씩 더해졌으니까.

그렇게 나는 10회가 끝난 뒤 조용히 접수처에 앉은 관장님에게 다가가 카드를 내밀었다. 앞으로도 잘 부탁합니다. 아, 결제는 3개월 할부로요.

닭 가슴살 먹으랬지
누가 치킨 먹으래요?

"회원님. 저번 주 먹은 거 다 기록해 놨어요?"

"넵."

"닭 가슴살도 하루에 한 번 이상씩 잘 먹었고요?"

"… 네에."

"어디보자… 음? 3월 ×일 토요일, 저녁밥 치–이킨?"

(뜨끔)

"그리고 이날은 왜 닭 가슴살 없어요?"

"치, 치킨도… 닭이잖아요."

매주 월요일은 한 주의 식단을 보고하는 날이다. 그리고 내가 혼나는 날이다. 매주 잔소리를 듣는데 꾸지람 없이 넘어간 날이 한 번도 없다. 운동에 취미를 붙이면서 어찌 술은 끊었어도 '더티(dirty)한 식단'은 도저히 끊을 수가 없었다. 여기서 더티한 식단이란 떡볶이, 라면, 과자 등 세상 모든 맛있는 것을 뜻한다.

날마다 주전부리하는 재미를 어찌 잊으리오. 원래도 먹는 것이라면 사족을 못 쓰기도 했지만, 외려 운동 시작하고 나서

주전부리가 몇 배는 늘었다. 운동하면 그만큼 금방 배고파지기 때문이었다. 밥 먹고 돌아서면 배고픈 학창 시절이 떠오를 정도였다. 술을 마시면 안 되니 일전에 취미 삼아 배워 놓았던 각종 안주 요리들을 만들어 밤이면 물과 함께 먹었다. 술이 수백 칼로리니까 그만큼은 덜 더티하겠지, 라고 위안하면서.

그래도 덜 혼나고 싶어서 마요네즈 소스와 함께 먹은 먹태구이는 생선류, 맥앤치즈는 유제품류 등 식약처 식품 분류명 같은 모호한 이름으로 적어 놓곤 했다. 그러다 결국 사달이 났다. 주말에 먹은 야식에 시침 떼고 '과자 한 봉'이라고 애매하게 적어 놓았는데, 선생님이 무엇인지 캐물은 것이다.

"무슨 과자예요?"
"그냥… 집에 있던 건데 기억은 잘 안 나요."

바로 어제 먹은 건데 기억이 안 나기는 개뿔. 엄마가 이×트에서 사온 베개만한 대용량 홈런볼 한 봉지였다. 자기 전에 누워서 밀린 웹툰을 보면서 순식간에 해치운. 지금은 내 몸

어딘가를 떠돌면서 근육이 아닌 살덩이로 붙었을 그것.

"사진 있으면 보여줘 봐요." 나는 입술을 깨물고 핸드폰 갤러리를 뒤졌다. 작은 쿠키 봉지 같은 사진이 있으면 좋았을 텐데, 하필 폰에 저장된 최근 과자 사진이 대빵 큰 홈런볼 사진밖에 없었다. 그것도 그냥 홈런볼이 아니라 소중히 품에 안고 찍은 셀카였다. 눈치라곤 북어 대가리만큼도 없는 과거의 나를 한대 쥐어박고 싶었다. 선생님 눈썹이 단번에 앵그리버드처럼 치켜 올라갔다.

"이게 뭐예요?"

"국민 간식 홈런볼…"

"누가 몰라서 물어요? 한 번에 이걸 다 먹은 거예요? 이거 집에 몇 개 있어요?"

"한 박스요…"

한 번 마트에 가서 장을 보면 뭐든지 한 박스씩 사들이는 '큰손' 엄마와 '큰 배'를 가진 나의 완벽한 콜래보레이션으로 인해 선생님은 한동안 충격에서 헤어 나오지 못했다.

그렇게 하도 먹을 걸로 혼나니까 하루쯤 '치팅 데이(cheating day, 마음껏 먹는 날)'라고 생각하고 점심에 셋이서 돈가스 집에 갔다. 사실 하루쯤이 아니라 엄밀히 말하면 거의 일주일에 5일 정도가 치팅 데이긴 했지만 말이다.

메뉴보다 더 중요한 것은 '무한 리필 집'이라는 점이었다. 즉 점심 돈가스라고 적어 두면 조금 혼나긴 하겠지만 마땅히 들어야 할 꾸지람만큼 혼나진 않을 것이었다. 돈가스 5장이나 돈가스 1장이나 똑같은 돈가스니까. 그런 곳까지 가서 1인분만 먹으면 손해 보는 일이다. 이쯤 되면 비싼 돈 내고 PT를 받고 식단을 보고하는 취지가 의심스럽겠지만, 나는 합법적으로 돈가스를 배 터지게 먹을 수 있을 거라는 생각에 잔뜩 신나 있었다.

느끼한 데미글라스 소스를 끼얹어 도톰하게 썰어낸 일본식 돈가스는 입에 넣는 순간 사르르 녹아내렸다. 그 뼛속까지 스미는 달콤한 죄악감이란. 그날 셋이서 먹은 돈가스가 무려 11장이었는데, 그중 아마 절반은 내가 먹은 것 같다.

날이 갈수록 '더티의 화신'이 되어가던 내게 선생님은 어느 날 도저히 안 되겠는지 자신의 폰을 꺼내 사진을 보여주었다. 전에 담당했던 어떤 여자 회원의 식단이었다. 더티의 화신에게 대적하는 클린의 화신. 사진 속은 온통 하얀색 아니면 초록색이었다. 닭 가슴살, 시금치, 아보카도만 먹고 사는 사람이 세상에 진짜로 존재하긴 했던 것이다.

과자도 나처럼 과자라고 적는 게 아니라 과자 한 조각을 먹은 사진을 찍어 놓았다. 젤리 한 개, 감자 과자 한 조각을 먹었다면 젤리 한 개 든 손을 한 번 찍고 감자 과자 한 조각 든 손을 한 번 찍는 식이었다. 만약 이분 방식대로라면 난 홈런볼 한 개 든 사진을 백 번 찍었어야 되는 거다.

나는 그 사진을 한참을 뻐끔거리며 바라보았다. "대단하죠? 제가 맡은 분들 가운데서도 철저하게 지키는 분이긴 했는데 이분은 회사원이면서도 평소 체지방률 9퍼센트대 유지하는 분이에요." '가만있자. 나는 체지방률 몇 프로더라.' 일단 앞자리가 1이 아닌 두 자리 수인 건 확실했다.

비 맞은 강아지처럼 풀이 죽은 나는 집에 와서 휴대폰 사진

첩을 쭉 훑어보았다. 파스타, 치킨, 튀김, 즉석 떡볶이, 치즈 케이크 등 언제 봐도 탐스럽고 더티한 음식들이 가득하다. 마치 먹성 좋은 유튜버의 피드를 보는 것 같은 사진들. 하지만 나는 운동을 사랑하는 만큼 음식들도 사랑한다. 하루아침에 식탐을 모두 버리고 삼시 세끼 퍽퍽한 닭 가슴살을 씹을 수 있을까? 대답은 'NO'다. 그래도 눈물 젖은 닭 가슴살 한 번 뜯어보지 못한 사람을 운동 덕후라고 할 수 있는 걸까? 나는 아직도 운동에 대한 열정이 부족한 것은 아닌가?

하지만 운동을 길게 지속하기 위해 가장 필요한 것은 극복 만큼이나 타협인 것 같다. 배에 '흡' 숨을 채워 넣고 머리 위로 바벨을 들어 올릴 때, 그립을 단단하게 붙잡아 공작새 날개 접듯 견갑을 접었다 펼 때 나는 행복감을 느낀다. 힘들다. 죽을 만큼 힘든데, 그 죽을 만큼 지친 근육 사이사이로 아드레날린이 번쩍번쩍 빛을 발한다. 머리는 아찔하고 숨이 멎을 것 같은데 정해진 횟수만큼 완벽한 자세로 동작을 만족스럽게 수행해내고, 바벨을 땅에 내려 놓을 때, 그 지치고 얼빠진 표정마저도 만족스럽다. 이렇게 즐거운 활동을 단지 식이 조절 때문에 그만둔다는 것은 말이 안 된다.

한동안 장에 탈이 나는 바람에 식단에서 유제품, 밀가루를 팍 줄이면서 체지방률이 14~15퍼센트대까지 떨어지긴 했지만, 몇 달 후 인바디를 측정했을 때 곧장 다시 앞자리 문패가 2로 바뀌어 달렸다. 그런데 의외로 별 타격은 없었다. 눈으로 보는 내 몸은 더 커졌고 손에 든 바벨은 더 무거워졌고 동작엔 절도를 더해가고 있었기 때문이다.

다만 근력, 근육 증강을 위해선 일정량의 탄수화물, 단백질 섭취가 필수적인데 그 부분만은 추가로 채워 넣으려고 지금껏 노력 중이다. 운동 후에 단백질 보충제를 한 스쿱씩 꼭 챙겨먹고, 하루에 닭 가슴살 100~200그램 정도는 일반식에 플러스알파로 섭취한 지 1년이 넘어간다. 그렇게 해서 황금똥을 만들었는지 근육이 생겼는지는 모를 일이지만, 일단은 내 즐거운 '더티' 라이프를 지켜갈 수 있다는 점은 더없이 만족스럽다.

자신의 목적에 맞는 운동 방식을 만들어가는 것이 중요하다. 내게 있어 가장 큰 목표는 더 많은 근육과 건강이다. 식이 조절에 있어 절도를 지키는 극기는 본받을 만한 것이지만 내게 가장 행복한 삶의 방법이 무엇일지에 따라 '클린한 식단'을 거의 포기하는 것도 방법이 아닐까. 그것마저도 운동을 아예 안 하고 그만두는 것보단 훨씬 나을 테다.

웬만한 운동 관련 조언들은 다 겸허하게 받아들였지만, 식단과 관련해서만큼은 비장하게 내 의사를 전달했다. 행복한 삶, 지속 가능한 운동 라이프를 위해.

"쌤. 이것만큼은 물러설 수 없습니다. 홈런볼과 치느님은 내 삶의 이유예요. 대신 유산소 30분씩 할게요."

나의 친구,
근육통

○

"아가씨, 무릎은 괜찮아? 바지가 다 쓸렸는데… 어이구 손에 피도 많이 났네." 버스 앞자리에 앉은 할아버지가 걱정스러운 표정으로 나를 돌아보며 말했다. 방금 전 의자 아래 내동댕이쳐진 내 휴대폰을 주워준 고마운 분이다. 하지만 그의 친절함에도 불구하고, 그 순간만큼은 제발 내 존재를 무시해주길 간절히 바랐다.

시계를 5분쯤 전으로 돌려본다. 죽음의 하체 운동을 한 다음 날, 늦잠을 잔 나는 후딱 출근 준비를 끝내고 입에 초코바를 문 채 버스 정류장까지 전속력으로 뛰었다. 목구멍으로 심장이 튀어나올 정도로 뜀박질한 끝에 겨우 버스 출발 직전에 차문을 두드려 세울 수 있었다.

하지만 안도감은 아주 잠시, 천천히 차문이 열리고 찌뿌둥한 표정이던 기사님을 향해 겸연쩍게 "감사합니다." 인사하려던 찰나, 다리에 힘이 풀려 계단에 발끝이 걸리면서 버스 바닥에 대자로 엎어졌다. 쥐고 있던 카드와 휴대폰, 입에 물고 있던 초코바 등이 불꽃 터지듯 순식간에 버스 안 여기저기로 튀어 올랐다.

이렇듯 화려하게 엎어진 건 대학교 때 술 마시고 택시에서 내리다가 자빠진 이래 없던 일이었다. 부끄러움에 얼굴이 벌건 와중에도 허벅지가 메주처럼 묵직해 어기적대며 자리에 겨우 가서 앉았다.

운동을 하면 몸이 항상 가뿐하고 최상의 컨디션일 것이라고 생각하는 사람도 있을 것이다. 나 역시 운동을 하기 전엔 그렇게 생각했는데, 이건 반쯤은 맞고 반쯤은 틀린 말이다. 꾸준하게 운동하다 보면 안 아픈 날보다 아픈 날이 더 많다. 근육통 때문이다. 운동으로 근육을 찢고, 찢긴 근육을 회복시키는 과정에서 근육이 커진다. 아무리 몸이 커다랗고 힘이 센 사람이라고 해도 근육을 더 크고 단단하게 만들기 위해선 몸이 아플 정도로 '조질' 수밖에 없다. 운동하는 사람들에게 근육통이 일상인 이유다.

"넌 운동도 열심히 한다면서 왜 이렇게 항상 골골 대냐." 언젠가는 회사 엘리베이터 앞에서 만난 선배가 말했다. 상체 운동을 한 다음 날 근육통 때문에 팔을 들기가 힘들어 팔꿈치를 이용해 엘리베이터 버튼을 누르려던 차였다. "그러게요. 하하…" 난 부등호 모양으로 벌리고 있던 겨드랑이를 접으며 머쓱하게 말했다.

확실히 운동하기 전에 비해 지금이 근육통에 시달리는 빈도나 강도 등은 훨씬 심하다. 우리 집 거실엔 내가 베개, 마사지 등 다방면으로 활용하는 폼롤러가 항상 굴러다닌다.

딱히 내가 초보자여서 근육통이 심한 건 아니다. 운동 1년차, 2년차가 넘어도 근육통이 더 심해지면 심해졌지 사라지진 않는다. 물론 개인차가 있긴 하겠지만 주변을 보면 딱히 내가 근육통이 엄청나게 심한 편은 아니었다. 강도 높게 운동한 사람들은 심지어 운동한 다음 날 얼굴이 울긋불긋하게 올라오거나 운동한 부위의 실핏줄이 터지기도 한다.

근육이 거의 없어도 근육통은 온다. 항상 어깨, 목이 굽어 있고 묵직하게 아파서 한 달에 한두 번 마사지 가는 날만 손

꼽아 기다렸던 시절, 근육통은 생리통 다음으로 싫은 불청객이었다. 근육통을 진 채 자리에 앉아 있는 것만으로도 체력이 지속적으로 닳는 느낌이었다. 몸이 무거우니 당연히 머리도 제대로 돌아가지 않았다.

근육이 더 생겨서 건강하고 힘차게 일상을 영위하기 위해서 운동하는 것일진대, 매일 '아프기 위해서' 운동을 한다니 언뜻 이해되지 않을 수 있다. 하지만 운동을 하고 난 뒤의 근육통은 같은 근육통이라도 차원이 다르다. 어디가 아픈지, 왜 아픈지를 알고서 그걸 내가 컨트롤할 수 있기 때문이다. 그리고 기본적으로 그 부위에 근육이 있기 때문에, 아무리 심하게 운동한 다음 날이라도 옛날처럼 근육통이 나를 지배하는 느낌이 들지 않는다.

뭐 가끔 하체 운동을 한 다음 날 심하게 뛰는 경우 휘청거리기도 하지만, 외려 일을 할 때도 셔츠 아래로 전날 운동한 부위의 근육이 묵직하니 아파오면 열심히 근육이 만들어지고 있는 것 같아 기분이 흡족하기까지 하다. 적어도 예전처럼 근육통이 나를 갉아먹는 느낌은 아니다.

외려 근육통은 매우 소중한 존재다. 근육을 제대로 사용하지 못하는 초보자에게 근육통은 '그날 운동이 잘 됐는지'를 가늠할 유일한 단서이기도 하다. 한동안 혼자 운동하던 시절, 자세를 봐줄 사람도 없고 내가 제대로 하고 있는지조차 아리송할 때, 다음 날 한발 늦게 찾아오는 근육통만이 내가 전날 운동을 제대로 했는지 알려주는 성적표였다.

아픔에 익숙해지다 보니 그 가운데서 심상찮은 아픔을 골라내기도 수월해졌다. 팔 운동을 한 다음 날 만약 평소와 달리 허리나 등이 아프거나 어깨가 아프면, 혹은 평소처럼 묵직하게 아픈 게 아니라 욱신욱신 아리다면 내가 운동을 잘못했다는 신호로 받아들였다. 그럴 때는 빨리 원인을 찾아 자세를 교정하거나 운동의 종류를 바꿔봤다.

근력 운동을 꾸준히 하는 사람에게 근육통은 숙명 같은 것이다. 어느 순간부터는 근육통이 없는 날이면 매일같이 오던 친구가 발길을 끊은 것 같아 섭섭해질지도 모른다.

머리 감는
시간도 아까워

○

문자 그대로, 2년 만에 미용실에 들어선 날. "커트 할게요" 말하고 자리에 앉아 동그랗게 말아 올렸던 머리를 풀자 허리까지 찰랑찰랑 내려왔다. 목에 하얀색 턱받이를 채워준 미용사가 내게 물었다. "밑에만 좀 치시는 거죠?" "아뇨." "그럼 얼마나…" 나는 대답 대신 손날로 목 언저리를 그었다. 미용사는 내 손짓에 목이 뚝 떨어지기라도 한 듯 눈이 동그래졌다.

대단한 이유가 있는 것은 아니었다. 어느 휴일 아침, H.O.T의 '캔디' 노래 가사처럼 결심했다.

"어렵게 맘 정한 거라 네게 말할 거지만 사실 오늘 아침에 그냥 나 생각한 거야."

어깨, 팔 운동을 빡세게 한 어느 날이었다. 팔을 들어 머리를 감으려는데 근육통 때문에 손이 어깨 위로 올라가질 않았다. 그날따라 사자갈기 같은 억센 머리카락이 물까지 먹으니 머리에 가마니라도 얹은 듯 무겁게 느껴졌다. 겨우 샴푸 칠을 해서 거품을 머리 위로 얹고, 손 대신 머리통을 움직여 머리를 감았다. 내가 지금 대체 뭘 하고 있는 건가, 라는 생각에 멍해졌다.

내가 운동을 하러 가는 순서는 이렇다. 퇴근하고 집에 들러 노트북 가방을 집어 던진다. 곧바로 밥 한 공기를 고봉으로 담아 허겁지겁 먹는다. 체하지 않기 위해 최대한 꼭꼭 씹어 먹으면서 멀티플레이를 한다. 일곱 살 때처럼 한 숟갈 먹고 양말 갈아 신고, 또 한 숟갈 먹고 운동복으로 갈아입고, 또 한 숟갈 먹고 물통에 보충제 분말을 집어 넣으며 운동 갈 준비를 한다.

마지막은 운동할 때 힘을 내기 위해 초콜릿 한 조각을 입에 넣는 것이다. 그런 다음 집 앞 100미터 거리에 있는 헬스장을 향해 뛰어간다. 대체로 수업 시간에 늦기 때문에 겸사 웜업(warm-up)이 될 수 있도록 신경 써서 무릎으로 허공을 차며 어정어정 뛰는데, 아마 태권도 학원 끝나고 상가에서 나오는 아이들이 내 모습을 봤다면 마치 한 마리 인간 고라니를 보는 것 같았을 것이다.

한 시간 PT가 끝나면 복근, 유산소, 정리 운동 등으로 마무리를 하고, 샤워를 하고, 머리를 감고, 집에 와서 운동복을 간단히 손빨래해서 널고 나면 끝이다. 저녁 먹는 시간을 포함하면 운동 준비부터 마무리까지 꼬박 두세 시간 정도가 걸린다. 일주일에 두세 번이면 할 만 하지만, 짬짬이 개인 운동을 넣다 보니 어떻게 하면 운동 시간을 조금이라도 줄일 수 있을지가 중대한 관심사가 되었다.

운동 시간을 줄이는 것은 불가능하니 준비, 마무리 과정에서 줄여야 했는데 그중 가장 큰 비중을 차지하는 것이 머리를 감고 말리는 시간이었다.

사회생활을 시작하고 나서부터 고민 없이 줄곧 머리를 길러왔다. 평소 스티브 잡스처럼 같은 티셔츠 10벌, 같은 바지 10벌 돌려가며 입는지라 머리라도 길어야 여자 행색을 하고 다닐 수 있다고 믿었던 이유가 크다. 크게 신경 쓰지 않아도 조금은 신경 쓴 티가 나서 긴 머리가 '편하다'고 생각했다.

하지만 몇 년 만에 머리를 짧게 자르고 그런 생각은 헛된 것이었음을 알아차렸다. 짧은 머리와 긴 머리는 애초에 편리성 차원에서만 본다면 '게임'이 안 되는 것이었다.

머리를 짧게 치자 머리 감는 데 드는 시간과 노력부터 시작해서 일상에서 엉킨 머리를 습관적으로 풀고, 집 바닥 여기저기 기어 다니던 긴 머리카락 때문에 엄마에게 정기적으로 등짝을 맞고, 트리트먼트에 몇 만 원을 꾸준히 쓰는 등의 고충이 모두 사라졌다.

커트 머리도 '예쁘게' 하려면 어느 정도 손질이 필요하지만 머리 감는 데 드는 공력이 크게 줄어든다는 것은 변치 않는 사실이었다. 커다란 하마를 씻기는 것과 강아지를 씻기는 것에 드는 수고가 다른 것과 비슷한 이치랄까.

불과 몇 번의 가위질로 찰랑찰랑 허리까지 오던 긴 생머리는 귀밑까지 싹둑 잘려나갔고 똥머리로 묶기 좋게 다글다글 볶였다. 그렇게 머리를 자르고 헬스장에 들어서자 트레이너의 눈이 동그래졌다. "회원님, 머리하셨어요?" "운동하고 머리 감기 귀찮아서요." 그는 잠시 내 얼굴을 쳐다보다가 미소 지으며 말했다. "그렇게 운동 덕후의 길에 들어서는 거죠."

집 앞 편의점에 간식 사러 가듯 미용실에서 긴 머리를 싹둑 자른 것은 상징적인 일이었다. 시나브로 내 삶은 운동을 중심으로 돌아가고 있었다. 오랜만에 가계부를 적어봤더니 소비의 50퍼센트 이상이 운동 관련이라든지, 술이나 외식, 철마다 옷에 쓰던 돈의 비중이 현저히 줄었다든지. 물론 새 시즌 코트는 못 살지언정 고기능성 레깅스에만큼은 카드를 꺼내지 않고는 못 배기긴 한다.

그 이후로도 몇 번 더 머리를 잘라 올 초부턴 '숏컷'이 됐다. 긴 머리였다가 단발 파마로 바꿨을 때와, 단발에서 숏컷으로 바꿨을 때는 느낌이 확연히 달랐다. 머리 감을 때 샴푸를 한 번만 짜도 되고(!) 심지어 샴푸가 아닌 비누로 감아도 긴 머리처럼 엉키지 않는다. 덕분에 의무실 구급 약통처럼 커다란 바구니를 좁아터진 락커에서 치우고 대신 역도화와 저항 밴드, 스트랩 두 쌍, 복대 등을 여유롭게 넣을 수 있게 되었다.

그런데 사람의 욕심은 끝이 없다고 했던가. 최근엔 스쿼트를 하는데 자꾸 눈앞을 가리는 앞머리가 신경 쓰이기 시작했다. 조만간 머리 길이에 또 변화가 올 수도 있겠다. 이제 내 머리카락이 물러설 자리가 얼마 남지 않았지만.

글로 배운
운동

○

"연애를 글로 배워서요." 간혹 TV 예능 프로그램 등에 나온 출연자가 연애 경험이 없거나 이성에게 어색하게 행동할 때 따라붙는 말이다. 무언가를 '글로 배웠다'는 표현은 보통은 '현실성이 없다' '2퍼센트 모자라다' 등의 뜻을 품고 있다. 하지만 내 생각은 조금 다르다.

어릴 적 난 멋들어지게 휘파람을 부는 사촌오빠가 많이 부러웠다. 오빠가 아무리 시범을 보이며 가르쳐 주어도 내 입에선 풍선 바람 빠지는 소리만 날 뿐이었다. 우울해하는 나에게 엄마는 말했다. "원래 혀가 짧은 사람은 휘파람을 못 분다더라. 어쩔 수 없지." 그래, 내 혀를 길게 늘일 수도 없고.

그러던 어느 날 우연히 한 동화책을 읽었다. 구체적인 책의 이름이나 내용은 기억나지 않지만 책 속 한 장면만은 생생하다. 아저씨가 어린 아이 앞에서 멋지게 휘파람을 부는 장면을 묘사한 대목이었다. 대략 이랬다.

"턱에 들어간 힘을 쭉 뺐다. 하늘을 바라보곤 양 혀끝을 윗니 뒤쪽으로 넓적하게 입천장에 붙여 가운델 말았다. 그러곤 휘-

둥그런 사이로 청량한 바람을 불어냈다…."

그 짧막한 묘사는 내 휘파람 인생을 바꾸어 놓았다. 미련을 아주 떨치진 못했는지 어린 나는 책에 나온 아저씨를 따라 턱에 힘을 뺀 채 혀를 둥그렇게 말고 '휘' 바람을 불어넣었다. 그러자 김빠진 소리만 내던 입에서 거짓말처럼 맑은 휘파람 소리가 나기 시작했다.

좋은 글(묘사)은 평평한 사실만을 전달하지 않는다. 문장 하나로 강렬한 감각을 깨우는가 하면, 마음에 직접 닿아 심상을 불러일으킨다. 지금껏 PT, 책, 영상 등을 통해 저주받은 몸뚱이를 개선해오면서, 항상 막다른 길의 돌파구가 되었던 건 한마디의 '글(말)'이었다.

물론 인터넷엔 좋은 운동 영상이 굉장히 많다. 당장 유튜브나 인스타그램에 운동 관련 키워드를 검색해 보면 수천, 수만 개가 훌쩍 넘는 영상이 쏟아져 나온다. 그중엔 팔로워가 수십만이 넘고 수상 경력이 화려한 프로의 영상도 상당수다. 하지만 그 영상을 보며 혼자 운동해본 경험이 있는 사람이라

면 알 것이다. 전문가들의 영상을 아무리 봐도 알쏭달쏭한 자세는 도통 고쳐질 생각을 않는다는 것을.

마치 중학교 시절 "왜 이렇게 쉬운 문제를 못 푸느냐"며 자기가 다 풀어버리던 수학 과외 선생님을 떠올리게 한다. 암산으로 문제를 쓱쓱 풀어버리는 모습을 보며 "와…" 하지만 내 수학 성적은 여전히 엉망이다. 반면 수년간의 고뇌, 같은 경험, 시행착오 등이 똘똘 응축되어 나온 엑기스 같은 한마디는 듣는 사람의 심장을 훅 치고 들어온다.

"발바닥 한가운데가 나무뿌리처럼 바닥에 콱 박혔다고 생각해요. 세상이 뒤집어져도 발바닥은 죽어도 안 떨어지는 거야. 엉덩이는 뒤로 쭉 빼면서 무게를 받을 준비를 하는 거지."

운동 초기에 하도 스쿼트 자세에 감을 못 잡으니까 선생님이 이렇게 말했었다. 양 손바닥을 위아래로 겹친 채 손뼉이 도저히 안 떨어진다는 몸짓을 곁들여서. 난 속으로 되뇌었다. '나무뿌리… 발바닥…' 다음 세트부턴 지면 위에서 시소

타던 발바닥이 바닥에 철썩 붙었다.

누워서 무거운 바벨을 들어 올리는 벤치프레스 동작을 할 때도 자꾸 어깨가 뜨는 습관 때문에 오랜 기간 고민해왔다. 아무리 선수, 고급자의 시연 영상 수십 편을 봐도 동작이 개선될 기미는 없었다. 여느 때처럼 어깨가 바벨과 함께 공중으로 떠올랐는데, 그걸 본 트레이너가 온 얼굴 표정을 미간으로 모으며 절박하게 몰아치듯 말했다.

"온몸에 근육이 다 없어졌다고 생각해요. 팔도 어깨도 몸도 다 없어지고 지금 여기 가슴 근육밖에 안 남았다고!"

그 한마디는 벤치프레스를 할 때만이 아니라, 다른 부위의 운동을 할 때도 항상 머릿속을 맴돌며 지대한 영향을 미쳤다. 팔 운동을 할 땐 머릿속에서 팔 부위 근육만 남기고 내 몸의 나머지 부위는 싹 지워버릴 수 있었다. 그러면 아무리 용을 써도 다른 부위에 들어가던 힘이 거짓말처럼 쭉 빠지고 팔 부위에만 집중할 수 있게 되었다.

그래서 꾸준히 적어오던 운동일지도 단순 동작 위주의 서술에서 코멘트 위주로 바꿔 적기 시작했다. 운동 시간 동안 내가 느낀 점이나 선생님이 한 흥미로운 말들을 적는 식이었다.

"케이블 로프를 쥐고 손등을 서로 마주본 채 원수 멱살 쥐어채듯 위로 획 잡아채는 거야. 한 번은 슬쩍 멱살을 당겼다가 머리 위에서 지그시 한 번 더 잡아채, 그래야 어깨 후면에 자극이 들어가거든."

"무게가 무겁다고 절대 쫄면 안 돼. 스쿼트는 무게가 더해져도 윗가슴이 하늘로 계속 열려 있다는 생각으로 당당하게 버티고 서는 거야. 내 다리랑 엉덩이가 지구를 받친다는 생각으로."

운동은 몸으로 하는 것이라는 말에는 동의한다. 저런 말아무리 들어도 말이 전달하려는 내용을 경험으로 받아들이지 못하는 사람이라면 의미가 없을 수 있다. 하지만 내가 그문제에 대해 치열하게 고민하고, 노력해왔다면 어느 순간 적확한 한마디 말이 '빵' 하고 길을 낸다. 그렇게 받아먹은 말은 머리가 아닌 가슴, 몸에 새겨진다.

운동러's
High

○

스크린에 우리의 히어로 슈퍼맨이 등장한다. "빰빠밤~ 빠바밤밤~" 대부분 슈퍼맨의 등장을 떠올리는 것만으로도 머릿속에 배경 음악이 자동 재생될 것이다. 만약 이 장면에 음악이 없으면 얼마나 싱거울까? 현실의 나는 히어로가 아니지만 음악을 들을 때면 히어로라도 된 것 같은 기분을 느낀다.

음악은 내가 세상의 주인공이 된 것처럼 느끼게 해준다. 처음으로 내 워크맨을 가졌던 초등학교 4학년 때 이후로 나는 공부를 하건, 길거리를 걷건, 항상 마음에 드는 음악에 집착해왔다. 만약 내가 비루한 몸을 드러내 오픈 숄더 드레스를 입을 만큼 용기가 있었다면 지금쯤 탱고를 배우고 있을 수도 있다. 춤이 좋아서가 아니라 음악이 좋아서.

스쿠터를 타던 그 시절도 음악 덕분에 상당히 매력적인 기억으로 남았다. 대학 시절, 2년 정도 스쿠터를 타고 다녔다.

스쿠터긴 한데 125cc인데다 차체가 150킬로그램을 넘을 만큼 덩치가 제법 커서 귀여운 녀석은 아니었다. 검은 딱정벌레같이 생겼기 때문에 줄여서 '껌딱'이라고 불렀다. 평생 두 바퀴 달린 석유 먹는 탈 것을 소유하게 될 거라곤 상상도 못한 내가 스쿠터에 입문한 계기는 동생이었다. 동생이 아르바이트를 하면서 스쿠터를 샀는데, 뒷자리에 한 번 타보자마자 짜릿한 승차감에 반했다. 시속 80~90킬로미터의 속도감을 온몸으로 느낄 수 있다니. 마음이 두근두근했다. 얼마 뒤 모아놓았던 용돈으로 동생 것과 같은 기종의 스쿠터를 질렀다.

처음엔 짧은 거리만 오가다가, 익숙해지자 나중엔 충정로 사무실에서 강남에 있는 집까지도 오갔다. 라르크 앙 시엘(L'Arc-en-Ciel)의 'Driver's High'를 들으며 하늘과 강물이 검푸른 색으로 경계 없이 이어진 새벽 3~4시의 반포대교를 건너는 기분이란. 귀가 열린 헬멧을 쓴 채 강 위를 달려본 사람들이라면 알겠지만 바람은 '횡' 불지 않고 귓가에 철사 다발처럼 착착 내리꽂힌다.

바람에 멜로디가 흩어지면 엔진 소리에 묻히도록 혼자 목청을 높였다. 가끔 열창을 하다가 입에서 튄 침이 얼굴을 향해 시속 100킬로미터의 속도로 돌진해 오기도 했지만 듣는 사람도 없고 보는 사람도 없었으니 상관없었다. 그야말로 물아일체, Driver's High였다. 내 스쿠터 라이프는 대단치 않은 계기로 끝나긴 했지만, 그 무렵의 추억은 상당히 매력적으로 남아 있다.

　나는 운동을 할 때도 그날의 플레이리스트를 만드는 데 굉장히 골몰하는 타입이다. 텐션을 유지하기 위해 그때그때 상황에 맞는 곡들을 골라 듣는다. 벤치프레스를 하는데 컨디션이 생각보다 괜찮아서 5킬로그램 정도씩 더 끼워볼까 싶을 때 올림픽 챔피언 입장 BGM 같은 유럽(Europe)의 'The Final Countdown'을 재생한다. 역도 세계 신기록이라도 세워야 할 것 같은 음악을 들으면서 고작 30킬로그램 남짓으로 낑낑대고 있자면 코끝이 간질간질해지지만 누가 뭐라고 하겠나. 사이클을 평소보다 높은 텐션으로 타고 싶을 땐 앉은 자리에서 자전거 앞바퀴를 안드로메다로 날려 버릴 기세의 스피드메탈을 듣고, 왠지 웨이트 존의 한 마리 거친 늑대가 되고 싶은 기분일 땐 묵중한 랩이나 헤비메탈을 듣는다.

운동할 땐 텐션을 높이기 위해 시끄럽고 빠른 템포의 음악을 선호하긴 하지만, 늘 꽝꽝대는 음악만 플레이 리스트에 올라 있는 건 아니다. 쿨다운(cool down, 운동이 끝나고 난 뒤 간단하게 정리하는 동작)을 할 때나 스트레칭을 할 땐 의도적으로 호흡을 늦추기 위해 잔잔한 노래를 듣는다. 일전에 운동할 때의 텐션대로 쿨다운 동작을 하다가 목을 삐끗하고 난 뒤론 더 신경 써서 호흡을 두 배로 천천히 하려고 노력 중이다.

'내가 선곡한 음악을 들으면서 할 수 있는 활동'이란 점은 아마 웨이트 트레이닝을 사랑하게 된 이유 가운데 큰 부분을 차지할 것이다. 이 운동은 기본적으로 혼자 하는 운동이다. 그러므로 음악을 들으면서 할 수 있다. 그것도 내 (낮은) 취향인 때려 부수는 비트의 음악들을!

사실 이쯤 되면 음악을 듣기 위해 운동을 하는 건지, 운동을 하기 위해 음악을 듣는 건지 헷갈릴 지경이다. 그런데 확실한 것은 동독 출신 마초 밴드 람슈타인(Rammstein)의 때려 부수는 비트를 버스에 앉아서 평온하게 들을 때와 수십 킬로그램짜리 바벨을 지고 전신을 벌겋게 하며 들을 때의 기분은 차원이 다르다는 점이다. 쾅쾅대는 드럼 소리와 묵중한 베이스가 심장 바닥을 둥둥 때린다. 스탠딩 석에서 빤스 벗고 관람하는 라이브와 녹음된 음원 정도의 차이랄까. 음악과 운동 둘 다 좋아하는 나에게 운동하는 시간이 각별히 소중한 이유다.

가끔 운동이 잘되거나 그날 기분이 너무 좋아서 흥이 흘러넘칠 때면 벤치에 앉아 숫제 입을 뻐끔거리며 노래 소절을 흥얼거리기도 한다. 심취하면 나도 모르게 입 밖으로 소리가 나오거나 덤벨을 들어 올릴 때 어깨춤을 추는 경우도 있다.

그런데 헬스장엔 나 말고도 종종 비슷한 사람들이 보인다. 이를테면 귀엔 이어팟을 끼고 최고 수축 지점에서 바벨을 든 채 서 있는데, 입술을 '헉' 모양이 아닌 '쉿(몽환의 숲~)' '널 (사랑해~)' 등 기묘한 모양으로 벌리고 있는 사람들. 혹은 낙타처럼 목을 앞뒤로 흔들며 리듬을 타느라 덤벨이 오가는 주기가 엇박인 사람들.

그럴 땐 애써 못본 체 하며 얼굴을 돌려주는 것이 상책이다. 혼자만이 무대의 주인공이자, 관객인 그 몰입의 시간을 방해하지 않기 위해서 말이다.

3장 · 여자는
'바다'지

배움엔
끝이 없다

○

등 운동 하는 날. 우선 기구에 몸통을 단단히 붙잡아 앉는다. 마음의 준비가 되면 '푸' 하는 소리와 함께 양손에 붙잡은 바를 힘껏 내리고, 몸을 이완하며 기를 모으듯 '쌉-' 하는 소리를 낸다. 몇 세트 반복하다 보니 어느새 나는 바를 내리며 '쌉' 하고, 기를 모으며 '푸' 하고 있었다. 센터의 통유리창 너머로 늦은 낮 햇살이 유독 따사롭게 쏟아져 내리는 날이었다.

아무래도 한동안 혼자 운동을 하다 보니 운동 강도가 점점 익숙해지고 흥미는 떨어지면서 권태기가 오는 것을 느꼈다. 더 집중해서, 더 배우면서 운동하고 싶다는 생각이 들었다. 그래서 센터를 옮겨 다시 PT를 받고 있다.

운동 3년차에 새로 만난 선생님은 직업 군인 생활을 오래한 사람이다. 체육학과를 나오거나, 운동선수 출신이라거나 몸을 단련해온 사람들에겐 특유의 느낌이 있다. 까맣고 단단한 피부에 어깨와 가슴은 하늘을 향해 당당하게 펴져 있다. 그리고 항상 말을 할 땐 말이 앞서 뛰쳐나가는 걸 턱으로 따라잡으려는 듯 상체를 이쪽을 향해 기울이고 굉장히 열정적으로 말을 쏟아낸다. 말 한마디를 하려고 해도 고개를 몇 번 갸웃거리고 혀를 어눌하게 놀리는 나와는 전혀 다른 세계의 사람이랄까. 말뿐 아니라 움직임이나 행동 하나하나에서도 아드레날린이 뿜어져 나오는 느낌이다.

선생님이 빡빡한 일정 가운데 틈틈이 대회를 준비한다든지, 개인 운동을 푹집하게 하기 위해 자발적으로 주7일 근무를 시행하고 있다든지, 이런 사실에 대한 놀라움도 있었지만 등록을 결심하게 된 결정적인 계기는 따로 있었다.

첫 OT 날이었다. 으레 그렇듯 인바디를 먼저 잰 뒤 결과지를 앞에 두고 선생님과 마주 앉았다. 나는 마음속으로 원수 이름을 부르듯 비통하게 외쳤다. '으습습쯤츠으을(23.7)…!' 1년 전 이맘때와 완벽하게 소수점 마지막 자리까지 같은 근육량이었다. 나름 주 4~5회씩 센터에 발 도장을 찍으며 혼자 열심히 오기를 부려댔는데 말이다. 식단 관리는 거의 놓았기 때문에 지방이 도로 올라와서 외려 전체적으로 보면 수치는 1년 전에 비해 안 좋아졌다. 아무리 '숫자는 중요하지 않지'라고 되뇌어도 처음 보는 사람 앞에서 겸연쩍게 똥마려운 표정밖에 안 지어졌다. 선생님은 나의 심상찮은 기색을 살피고는 입을 열었다.

　　"운동 오래하신 거에 비해선 생각보다 근육량이 적네요."
　　"…그러게요."
　　"그런데 중요한 건 숫자가 아니니까. 일단 운동하는 것 좀 전반적으로 보기로 하죠. 따라 오세요."

　　선생님은 기구 이것저것에 나를 앉히고 여러 동작을 시켰다. 나는 운동 이름이 나오면 곧장 덤벨을 쥐기도 하고 바벨을 들기도 하면서 짧은 세트들을 수행했다. 실기 시험장에라도 온 듯 긴장이 됐다. 거의 30분이 흐른 뒤 선생님의 입에서 새로운 운동 이름 대신 "흠?"이라는 소리가 나오자 모근이 바짝 섰다. 과연 저 사람이 뭐라고 할까.

"동작은 제법 잘하는데? 혼자 오래 했어요?"

그 말을 듣자 일단 힘이 쭉 빠졌다. 숫자가 나를 배신한 상황에서 동작마저도 엉터리라는 소리를 들었다면 난 정말 운동을 그만둬야 할지 심각하게 고민했을 것이기 때문이다.

"이전에 쭉 PT 받다가… 최근 반년 정도는 혼자 했어요."
"어쩐지. 기본은 잘 돼 있긴 한데 동작에 이상한 '쪼'가 있더라. 가슴 운동할 때 어깨 많이 아픈 편이죠? 데드 할 땐 등 대신 다리 아프고?"

나는 눈썹을 확 치켜올렸다. 선생님이 짚은 부분은 바로 내가 혼자 운동하면서 가장 많이 고민했던 부분들이었다. 짧은 몇 마디에 근 반년 정도 답답했던 마음이 둑 터지듯 훅 쏟아져 내렸다. 나는 마치 신통한 점쟁이를 보는 것 같은 표정으로 선생님을 바라보며, 신통한 점쟁이에게 고객이 쏟아낼 법한 말을 했다.

"아니, 그걸 어떻게…"

"딱 보면 알지."

선생님은 이게 끝이 아니라는 듯, 씨익 웃으며 말했다. "많이 답답했겠네. 저번에 혼자 와서 운동하는 거 보니까 딱 그렇더만. 혼자 운동하다 보니 정체기 온 상황이죠?" 나는 눈을 동그랗게 뜬 채 같은 말을 반복했다.

"아니, 그걸 어떻게…"

"일단 의지랑 의무감이 있으니까 와서 운동하긴 하는데, 세트는 채워야겠고 운동은 지겹고. 보니까 딱 답이 나오더만."

선생님의 말에 난 마른침을 삼켰다. 지겹다는 단어. 매양 머릿속을 가득 채우고 있지만 애써 외면하려던 부분을 콕 집힌 느낌이었다.

다시 새로운 선생님과 함께 PT를 시작하며 든 생각이 있다. "넌 운동하는 법도 알 만큼 다 아는데 왜 또 돈 아깝게 PT를 받아?" 이 말에는 다소 어폐가 있다는 점이다. 물론 누차 강조하지만 PT가 유일한 배움의 통로인 것은 아니다. 지나치게 선생님에게 의존하고 스스로 배우려는 노력을 하지 않게 되면 장기 PT가 외려 독이 될 수도 있다.

다만 운동하는 법 자체를 아예 몰라서 배우는 PT가 있다면, 운동을 습관화하기 위한 PT가 있고, 습관화 이후에도 정체기를 극복하고 운동의 질을 높이는 PT 등이 있다. 참고로 새로운 PT 선생님은 주말에 또 다른 선수에게 PT를 받고 있다. "배움엔 끝이 없다"는 말은 당연하게도 운동 역시 적용된다.

한 업계 사람을 만나 운동 이야기를 나누다가 흥미로운 이야기를 들었다. A씨는 2년 전쯤 직장을 옮기면서 일생의 소원이었던 수영을 시작했다. 물에 뜨는 법조차 모르던 그는 자신의 인생이 "수영을 '알기 전'과 '알기 후'로 나뉜다"고 했다. 나는 수영 문외한의 입장에서 지극히 초보적인 질문을 던졌다.

"그런데 자유형, 배영, 접영 다 배우고 나면 뭘 하나요?"
"동작을 배웠으면 이제 '자유 수영' 시간에 트랙을 계속 도는 거죠.”

"수영 동작 자체를 배우는 덴 얼마 안 걸리지 않아요? 그럼
계속 같은 것만 반복하는 거예요?”

"같은 자유형이라고 해도 동작의 완성도를 높이는 데는 끝없
는 정진이 필요하죠. 어느 시점에 팔을 젓고, 어떻게 숨을 쉬는
지 타이밍 등도 배워야 하고요. 계속 헤엄쳐도, 배워도, 배울
게 또 있어요.”

이 말을 하는 그의 눈이 반짝였다. 아! 수영도 마찬가지구
나. 나는 열심히 고개를 끄덕였다. '배움엔 끝이 없다'는 것
은 그만큼 평생 배워도 남을 만큼 배움에는 즐거움이 있다는
뜻도 된다. 내가 항상 불안하고 불완전해 보여도 스스로에게
조금 관대해질 필요가 있었다. 1년차엔 1년차 나름의, 2년차
엔 2년차 나름의 배움이 있다. 운동 3년차, 나는 여전히 날마
다 몰랐던 것을 알아가는 중이다.

내 취미는
'운동 못하기'입니다

○

나는 다른 사람의 취미에도 관심이 많은 편이다. 입사 원서를 쓸 당시엔 취미 란에 아무리 머리를 쥐어뜯어도 독서, 영화 감상밖에 쓸 게 없는 사람이었지만, 이젠 취미 란에 비교적 고민 없이 적을 무언가가 생겨서 그럴지 모른다.

"왜 그걸 취미로 택했어요?"라고 하면 "그냥 재밌어서" "어쩌다 보니"라고 답하는 경우가 대부분이다. 조금 꼬치꼬치 묻다 보면 "하다 보니 의외로 재능이 있는 것 같더라고"라는 답이 왕왕 나온다. 별 생각 없이 갔던 원데이 클래스에서 다른 참가자들보다 예쁘게 달걀노른자를 분리했다든가, 학생들 앞에서 그림을 칭찬 받았다든가 하는 경험이 크게 작용하기도 한다.

아무리 '내가 재밌으려고 하는 취미'라곤 하지만, 사람은 어느 정도 관심이 있는 동시에 재능도 있는 걸 취미로 택하기

마련일 것이다. 이유는 간단하다. 뭐든지 잘하면 더 재밌기 때문이다. 즐기려면 어느 정도는 잘할 수 있어야 한다.

취미가 아무리 자기만족이라고 할진대, 1년 내내 시간을 엄청나게 투자해서 수영을 배웠는데 같이 간 친구는 접영까지 마스터할 동안 나는 자유형도 제대로 못한다면 힘 빠지지 않을까? 통상 반년만 배우면 '로망스' 정도는 뚱긴다는데 나는 여태 운지법도 제대로 못 외웠다면 클래식 기타를 계속 취미로 삼고 싶을까? 당연히 여기서의 '재능'은 이걸로 먹고살 정도의 재능을 말하는 것은 아니고 어떤 활동을 하기 위한 최소한의 재능을 말하는 것이지만 말이다.

인터넷이나 도서관 코너에서 여성 운동 이슈와 관련된 글들을 찾아봐도 이런 글의 대부분은 "나는 한때 꽤 운동을 했었다" "또래보다 근육이 쉽게 붙었다" "남자 못지않게 엄청난 무게를 들었다" 등으로 시작됐다. 나 같은 사람과는 정반대였다. 운동 잘하는 여자는 소위 '기잣말'로 '얘기'가 되지만, 운동 못하는 여자는 얘기가 안 돼서 굳이 글로 쓸 이유는 없었을지 모른다.

나는 선천적으로도 후천적으로도 내 취미에 재능이 없다. 이제 나는 취미를 적어야 하는 일이 있으면 두루뭉술하게 '운동'이라 적는데, 조금 더 엄밀하게는 '운동 낙제'나 '운동 못하기'라고 적어야 되지 않을까 싶다.

원래 시작점이 '미달'이었으니 본격적으로 PT를 받은 지 2년이 되어 가는데 아직도 근육량 그래프는 표준 이상이 아닌 표준 입구에서 서성이는 중이다. "그 정도면 많이 늘어난 것 아니야?"라고 말할 수도 있겠지만 인터넷에서 평생 운동 한 번 안 한 분이 근육량 26킬로그램이라는 글을 보면 그저 입을 다실 뿐이다. 내 몸은 선천적으로 연비가 나쁘다. 먹는 것에 비해 소모하는 에너지가 높은 것으로 추정되는데, 이런 몸뚱이는 먹방을 할 게 아니면 쓸모없다는 것을 느낀다. 서른 살 넘은 직장인이 비쩍 마른 건 가냘프다기보다는 비루하다는 이미지를 주기 쉽기 때문이다.

아무리 영양소 계산을 해서 식이 조절을 철저하게 해도 몸무게가 잘 늘지 않는다. 물 건너온 값비싼 해외 보충제들과 모 사이트에서 정기 배송 받는 훈제 닭 가슴살은 내 몸속에서

근육이 아닌 비싼 배설물이 되느라 바쁘다. 몸무게가 늘지 않으면 당연히 근육도 늘지 않고, 운동 수행 시 기구의 무게를 올릴 수도 없다. 돈과 시간을 아무리 투자해도 몇 달째 제자리걸음 혹은 뒷걸음질이다. 이게 얼마나 답답한 일인지는 겪어본 사람만 알 것이다.

물론 무게가 전부가 아니라곤 하지만, 불과 한 달 전만 해도 맨몸 스쿼트를 하던 남자 회원이 한 달 만에 랙에서 80킬로그램짜리 바벨을 지고 스쿼트하는 모습을 보자면 한숨이 나온다. 신규 회원인 게 분명한 여자 분이 레그 컬 머신 중량을 20킬로그램에 놓고 거뜬히 하는 것을 보는 것도 내 새가슴에 불을 지르는 일이다. 1년 전쯤 "이제 저 (운동 실력이나 근력이) 평균은 되죠?"라고 물었다가 "평균 이하죠"라는 말을 너무 쉽게 들어서 마음의 상처를 입은 뒤로도, 내가 느끼기로는 그닥 성장이 없다.

근육량뿐 아니라 운동 신경도 안 좋다. 내 운동 신경이 최악이라는 것은 초반에 스티프 레그 데드리프트 자세를 배우는 데 세 시간을 허비한 뒤로 공인된 바이다. 무슨 동작 하나

배울 때마다 득달같이 그림을 그려가며 노트를 만들고, 나중에 복습 차 유튜브나 책에서 자세를 찾아보며 따라해 보았지만 할 때마다 운동이 아닌 덤벨 댄스가 되는 건 일상이었다.

한때 내 운동 신경이 너무 최악인 이유가 신체 가동범위가 안 나와서인가 싶어서 반년 간 점심시간을 쪼개 요가를 다녔는데, 요가 실력마저도 평균 이하여서 시름을 늘리는 결과로 끝맺음했을 뿐이다.

이런 내가 운동을 시작했다는 소식은 주변 사람들에게 '물고기가 자전거를 탄다' 급의 괴담이었다. 그 정도로 나는 평생 몸을 움직일 줄 몰랐던 사람이다. 차라리 어렸을 적 좋아했던 그림 그리기나 악기 연주를 취미로 하는 편이 백 배는 어울렸을 것이다. 그런 것들은 어렸을 적부터 친숙하게 접해서 꽤 쉽게 빠져들 수 있었고, 제법 잘한다는 칭찬도 들었다. 하지만 어째서인지, 그럼에도 불구하고 나는 전교 꼴지 수준의 낙제생인 주제에 운동에서 손 놓지 못하고 있다.

잘하는 것에 베팅하는 것은 효율적인 일이다. 상대적으로 적은 노력과 적은 돈으로 남들보다 큰 성과를 낼 수 있다. 잘

하는 것을 잘해서 남들로부터 인정을 받는 것은 제법 유쾌한 일이다. 나이가 들수록 못하는, 새로운 것에 빠져드는 것은 힘들다. 새로운 것, 그것도 내가 재능이 없는 일에 빠지는 데는 너무도 많은 시간과 에너지가 필요하다.

그럼에도 나와 운동을 오랜 기간 이어 주었던 실은 '못하는 것에 집착해보는 기묘한 경험'인 것 같다. 운동하는 세월이 더해질수록, 내게 있어 운동은 기자 일과 유사하다는 생각을 한다. 기자는 비효율적인 직업이다. 전문가의 시대에 1~2년에 한 번씩 출입처를 바꾼다. 그 출입처를 이해하고 새로운 인맥을 쌓느라 1~2년간 발버둥쳐서 겨우 무언가 보이기 시작할 무렵 완전히 새로운 세계로 이동한다.

겨우 얼기설기 세워 놓은 모래성을 무너뜨리고 다시 무(無)에서 시작하기를 반복한다. 물론 출입처를 옮기는 것을 반복할수록 가락이 보여 어느 정도 요령이 늘긴 하지만 언제나 문틈에 반쯤 머리를 낀 어리버리한 상태를 유지한다.

그런 기자 일을 하면서 느낀 몇 가지 교훈 가운데 가장 큰 것을 꼽으라면, 어떤 것을 못하는 것에도 장점이 있다는 점이다. 쉽게 말하면 공부를 못해본 사람이 선생님으로서 더 훌륭하다는 것이다. 공부를 못하는 사람의 심정을 누구보다 잘 알기 때문이다. 항상 어리버리한 상태에 있는 기자들은 상대적으로 원점에서 질문하고 원점에서 시작할 수 있다. 수요자의 눈높이에서 이해하기 쉬운 가이드라인을 제공해주기 쉽다.

한 분야에서 수십 년을 종사해온 전문가들, 그들의 전문성은 매우 존중 받을 만한 것이지만 그들이 항상 대중에게 있어 좋은 설명꾼은 아니다.

연차가 높아지고 특정 출입처에 체류한 기간이 길어질수록 전문가인 척을 하려는 유혹에 빠지기 쉽다. 항상 대화하고 만나고 생각을 나누는 사람들이 그 분야의 전문가들이기 때문이다. 서당 개 삼년이면 풍월을 읊는다는 말이 있는데, 학창 시절 제법 똑똑하다 소리 들었던 기자들이라고 다르겠는가.

익숙해지려는 유혹은 항상 경계해야 한다. 나는 개인적으로 어리버리함이야말로 기자의 본질이자 존재 이유라고 생각한다.

운동에 있어서도 나의 오랜 비효율적인 노력과 발버둥, 인고의 시간은 조금 더 '어리버리'한 상태에 나를 매어두는 데 도움이 되지 않을까. 그리고 그 어리버리함을 통해 주변의 소중한 사람들에게 운동의 즐거움을 더 많이 나누며 살고 싶다.

여자는
'빠따'지

○

태어나서 지금껏 체육 실기에서 보통 등급조차 거의 받아 본 적이 없다. 학창 시절 농구 프리슛, 쌩쌩이 시험을 위해 밤마다 운동장에서 연습했지만 결국 그 학기도 체육이 평균을 갉아먹었다. 근력이나 체력이 안 좋다고 유연성이 좋았던 것도 아니다. 체력장 종목 가운데 앞으로 몸 숙이기는 마이너스 20센티미터 가량이 나와, 기준 외 등급으로 최하점을 받았다.

그나마 나은 건 단거리 달리기 정도였는데 지구력이나 근력이 없어도 비교적 악으로 떼울 수 있는 종목이었기 때문이다. 그렇게 스타킹 빵꾸 나도록 뛰어서 다음 날 얻는 건 막대한 근육통뿐이었다.

서른이 되어 돈 내고 하는 운동을 시작하고 나서도 수년 간 상황은 크게 달라지지 않았다. 운동에 있어서라면 피라미드 최하점에 서는 게 당연한 인간이라고 생각해왔다. 이런 내게 최근 들어 '땅이 놀라고 하늘이 움직일 만한' 일들이 일어나고 있다. 아주 간혹 칭찬을 듣기 시작한 것이다. 꽤 미묘하긴 하지만 말이다. 예를 들면 이런 말들이다.

"회원님. 와, 진짜."

"네? (내가 뭘 또 잘못했나)"

"어우, 역시 오래 혼자 깡으로 운동하다 보니 '빠따'가 장난이 아니네. 아마 우리 센터 다니는 여자들 중에 빠따는 회원 님이 최고일 걸요."

"감사합니다…?"

새로 PT를 끊고 얼마 안 돼 수업에서 루마니안 데드리프트를 하던 날, 어어, 하는 사이에 몇 킬로그램이 끼인지도 모르고 계속 무게를 올려가며 바벨을 들었다. 평소 50킬로그램도 버거워했기 때문에 대략 거기에 10킬로그램 정도가 추가되지 않았을까 짐작했을 뿐이다.

그런데 3RM(Repetition Maximum, 1RM은 한 번 들 수 있는 최대한의 무게이며, 3RM은 3회를 들 수 있는 최대 무게)을 간신히 마치고 나서 원판을 보니 양쪽에 원판 30킬로그램씩이 붙어 있었다. 빈 봉의 무게가 20킬로그램이니 대략 80킬로그램을 세 번이나 들어 올린 것이다. 그것도 반동을 안 쓰고 정자세로.

일단 맥시멈 무게를 30킬로그램이나 단번에 올려버린 것에 놀랐고, 빠따 칭찬(?)을 들은 것에 놀랐다. 난 정말로 그동안 운동을 하면서 칭찬 비슷한 것을 들어본 적이 한 번도 없었다. 이 '빠따'란 단어는 그 이후로도 비슷한 맥락에서 종종 듣는다.

"회원 님한테는 '빠따'가 있잖아요! 이 정도는 거뜬하게 들 수 있죠?"

"(레그 프레스) 200킬로그램 정도는 밀 수 있죠? 평소 하던 대로 해봐. '빠따'가 좋으니까 그냥 밀 수 있어!"

이런 얘기를 들으면 도저히 못할 것 같아도 일단 한 번은 시도해볼 수밖에 없다. 눈을 질끈 감고 '흡~' 하며 무게를 칠라 치면, 양손에 '빠따'라고 적힌 부채를 잡고 흔드는 선생님의 모습이 눈앞에 떠도는 것 같았다. 아마도 이 빠따의 의미는 추정하기론 '스트렝스'와 '깡'을 섞어 놓은 개념이 아닐까 싶은데, 물어보진 않았기 때문에 정확한 정의는 알 수 없다.

다만 송판으로 덧댄 벤치와 짚풀로 엮인 로프가 놓여 있는 낡은 체육관을 연상시키는, 촌스럽고 정감 가는 단어라 개인적으론 맘에 든다.

지난 반년, 혼자 운동하는 동안 많이도 끙끙 앓았다. 제자리걸음에 대한 두려움이었다. 일단 열심히 하긴 하는데 '그저 제자리에서 쓸모없는 수고만 더하고 있는 것은 아닐까'란 생각이 항상 머리 한구석에 자리잡았다. 혼자 하다 보니 무게를 많이 올릴 수도 없었고, 첫 세트는 스무 번을 했다가 힘이 빠져 점점 열일곱 번, 열다섯 번, 열 번으로 줄이기도 했다.

누군가 옆에서 보조해 주거나 자세를 봐주는 것도 아닌데 악으로 하다가 다칠까 봐 항상 걱정이었고, 실제로 몇 번 다치기도 했다. 항상 부상과 깡의 사이에서 줄타기를 하는 느낌이었다.

예전 운동 일지를 적어둔 걸 보면 무게가 딱히 늘지도 않았다. 외려 부상의 위험이 큰 3대 운동(벤치프레스, 데드리프트, 스쿼트)은 이전보다 훨씬 무게를 낮춘 편이었다. 무게가 전부가 아니라는 건 알고 있지만 조바심이 들었다. 주말 아침을 반납

하며 주 4~5일 운동을 유지하고 있는데 그동안의 수고가 아무 결실을 맺지 못한다면 아무리 헐렁한 나라도 마음에 상처를 입을 것 같았다. 그런데 결과적으로 작은 결실은 있었다. 비록 숫자는 변함이 없었지만, 그동안 혼자 끙끙댔던 시간은 내게 '빠따'를 선사했다.

혼자 운동할 때 그 누구도 의지할 수 없고 그날 운동의 결실은 오롯이 나의 기분과 컨디션, 극기에 따라 달라졌다. 혼자 운동할 때 PT를 받을 때처럼 가끔 힘들면 농땡이를 피울 수도 없었다. 기껏 센터까지 왔는데 농땡이를 피우면 그날 운동은 도루묵이 되기 때문이다.

더 각별히 준비하고 컨디션을 다잡아 운동에 임할 수 있게 된 것도 '혼운동'이 낳은 성과였다. 그밖에도 세트 숫자를 맞추려는 강박관념은 내게 부족했던 기본적인 스트렝스를 크게 증진시킬 수 있도록 해주었다. 지켜보는 사람 없이 수십 킬로그램을 절도 있게 들어 올리려는 노력은 홀로서기가 아니면 만나기 힘든 경험이었다.

그러니까 운동을 해도 오랜 기간 변화가 없고, 혼자 안개

속 '헛발질'을 하는 것 같은 사람이 있다면 힘을 내시라. 당신의 안에도 열심히 '빠따' 근육이 붙고 있는 중일 테니 말이다. 그리고 수십 년 운동을 지속해가는 원동력은 아마도, 헬스장 전단지 속 애프터 몸매보다도 이런 우직한 '빠따'가 아닐까?

외강내유,
외유내강(外剛內柔, 外柔內剛)

○

빛을 덜 밝혀 은은하게 어둑한 실내에 잔잔한 페퍼민트 향이 감돈다. 낭창하게 사지를 개키는 이들 가운데 세계 최강 마동석 몸매를 꿈꾸며 요가 매트 위에 통나무 다리를 뻗는 이가 있었으니. 그 이름 고영이요, 정적을 깨지 않기 위해 신음을 삼키다가 혀를 깨물 지경이 되었다더라.

내근하던 약 반년 간 점심시간에 짬을 내어 회사 근처 요가 학원에 다녔다. 운동을 시작한 지 반년쯤 되었을 무렵이었다. 슬슬 재미를 붙여가던 가운데 한계를 느꼈다. 나는 운동에 필요한 다른 모든 것이 다 차고 넘치게 부족했지만 유연성마저 부족했다.

유연성을 위해 '뭔가'를 해야겠다고 느낀 결정적인 계기는 스모 스쿼트를 배운 날이었다. 스모 스쿼트는 스모 선수의 준비 자세처럼 양발을 넓게 벌린 상태에서 깊게 쪼그려 앉는 동작이다. 일반 스쿼트에 비해 발끝과 무릎의 각도를 180도에 가깝게 벌려야 한다.

준비 자세를 잡는 단계에서부터 이미 이마에 식은땀이 흐르며 대단한 망조가 엄습해 왔었다. 양발은 신발 밑창과 바닥 간의 마찰력에 힘입어 어찌어찌 벌려놨으나 무릎이 더 이상 벌어질 생각을 않았다. 재래식 변기에서 용변 보고 나서야 휴지가 없는 걸 깨달은 사람처럼 어정쩡한 포즈로 앉아 있자 선생님은 한동안 어이없는 표정으로 날 바라봤다. 그리고 그 명대사를 또 다시 날렸다. "회원님, 혹시 일부러 그러는 거예요?"

결국 그날은 스모 스쿼트 대신 남은 시간 동안 바닥에 개구리 자세로 엎드려 스트레칭을 반복했다. 유연성 때문에 스모 스쿼트만 못하는 거라면 내 인생에 스모란 단어는 없던 거라며 애써 머릿속에서 지워버릴 수 있었을 텐데, 웨이트를 할 때 유연성은 생각보다 중요했다.

고민하던 차에 회사 같은 팀 선배가 이런 말을 꺼냈다. "점심에 요가 좀 할까 봐. 요새 몸이 너무 찌뿌둥해서." 요가란 단어가 귀에 콕 박혔다. 전날 《다리 일자 벌리기》라는, 굉장히 직관적으로 내 욕망을 현시하는 제목의 책을 구입해서 회사 책꽂이에 소중히 꽂아 두었던 차였다. 그날 퇴근길에 선배와 함께 들른 요가원에서 겁 없이 3개월 치 수업료를 결제했다.

우리가 다니던 요가원은 가격이 저렴하고 광화문 인근에 있기 때문에 알음알음 많은 회사원이 모여드는 곳이었다. 특히 점심 수업은 인기가 많아 일찍 가지 않으면 자리를 맡지 못할 정도였다.

나는 컴퓨터 앞에 앉아 있다가 11시 40분쯤부터 눈치를 봤다. 사람들이 하나둘 점심을 먹으러 일어나기 시작하면 들썩이던 궁둥이를 일으켜 요가원까지 전속력으로 달렸다. 그렇게 팔을 양옆으로 펴지도 못할 만큼 비좁은 매트 하나만큼의 공간이라도 맡을 수 있으면 다행이었다. 45분가량의 수업이 끝나면 근처 식당에서 샌드위치나 김밥으로 간단히 끼니를 때우고 회사로 급히 발걸음을 옮겼다.

이런 전투적인 요가는 넉넉한 자리에서 유유히 누워 근심을 떨치고 명상하는 요가의 이미지와는 조금 달랐다.

다만 문자 그대로 사람이 발에 채일 만큼 복작이는 공간에서도 선생님은 세렝게티 초원의 복판에서 명상하듯 감미로운 목소리로 수업을 진행해 주었기 때문에 눈을 감고 그 시간만큼은 요가에 집중할 수 있었다. 현실로 돌아오면 여전히 가끔 사지를 벌리다가 옆 사람에게 입술만 움직여 '악 죄송합니다'라는 말을 읊어야 하긴 했지만 말이다.

요가 수업을 들으면서 배운 것들이 있다. 먼저 작은 근육에 감각을 불어넣는 방식이다. 새로운 동작을 배울 때마다 내 몸에 존재하는지도 몰랐던 근육들을 일깨우는 느낌이었다. 웨이트를 할 때도 미세한 근육들과 마주하는 경험을 하곤 하지만, 마른 심지에 불을 켜듯 작은 근육에 천천히 숨을 불어넣는 요가의 방식은 확실히 웨이트의 방식과는 차이가 있었다.

일상적으로 꼼꼼히 스트레칭하는 습관을 들이게 된 것도 요가의 영향이었다. 사실 나는 그동안 준비 운동이나 정리 운동에 크게 신경 쓰지 않는 편이었다. 어떻게 하는지 방법을 잘 모르기도 했고 중요성을 깨닫지 못한 영향도 있다.

하지만 요가를 하면서 뻣뻣한 근육이 조금씩 풀어지는 것을 느끼고 나니 누가 시키지 않아도 열심히 몸을 풀고 자세를 신경 써서 바로 잡게 되었다. 그렇게 준비 운동에 신경을 쓰게 되니 웨이트 동작을 할 때도 훨씬 가동 범위가 넓어지고 근육통도 덜어졌다. 자세가 좋아지니 중량이 올라간 것은 당연했다.

중량 운동에 있어서 유연성의 중요성은 아무리 강조해도 지나치지 않다. 살벌한 고중량, 고반복 하체 운동으로 유명한 보디빌더 톰 플라츠(Tom Platz)는 유연성으로도 유명하다. 그가 현역 시절 200킬로그램이 넘는 바벨을 지고 풀 스쿼트를 수행하는 영상을 보면 자연스럽게 엉덩이가 거의 지면에 닿을 정도로 편하게 앉는다.

참고로 대부분의 사람들은 근력 부족보다도 발목, 종아리 등이 유연하지 못해 풀 스쿼트를 거의 하지 못하고 바벨을 등에 진 채 엉덩이가 공중에서 헤맨다. 대부분의 유명한 보디빌더들을 보면 덩치가 커서 유연하지 못할 것이라는 편견과는 반대로 굉장히 유연하다. 애초에 유연하지 못하면 그만큼 부상 없이 몸을 키울 수가 없다.

내가 웨이트를 했기 때문에 요가에 도움이 된 점도 작게나

마 있었다. 요가 역시 유연성 외에 어느 정도 파워가 필요한 운동이었기 때문이다.

나는 요가의 우타나사나 동작(무릎을 편 채 상체를 숙이는 동작)이 거의 안 됐었는데, 어느 날 선생님에게 고민을 얘기하자 '그저 앞으로 당긴다고 생각하지 말고 복근에 힘을 주고 복근으로 허벅지를 누른다는 생각으로 해보라'는 조언을 들었다. 복근에 힘을 주고 누르니 갑자기 손이 발가락을 넘어 쭈욱 앞으로 나갔다.

얼마 후 들뜬 표정으로 고간이 10도쯤 더 벌어진 스모 스쿼트 자세를 취하던 내게 선생님은 말했다.

"유연성이 먼저냐, 힘이 먼저냐 하는 건 '닭이 먼저냐 달걀이 먼저냐'하는 것과 마찬가지예요."

강한 것이 꼭 부드럽지 않으리라는 법은 없고, 부드러운 것이 꼭 강하지 않으리란 법은 없다. 요가에서 얻은 가장 큰 교훈이었다.

잭, 내가 (시나브로)
날고 있어요

○

운동 기구의 핀을 뽑아 구멍과 구멍 사이를 왔다 갔다 한
다. 킬로그램과 숫자들이 가지런히 늘어선 가운데 핀은 망설
이듯 맴돈다.

'여기? 아니면 여기?'

'오늘은 그 정도는 좀, 안 될 것 같아.'

'그래, 그러면 이 정도로.'

혼자서도 비교적 의욕적으로 운동을 하고 있지만 아직도
극복하지 못한 어려움이 있다. 운동 시작하기 전 매 세트마다
항상 운동의 부하를 직접 정해야 한다는 것이다. 몇 세트를,
몇 킬로그램으로, 몇 회 반복할 것인지. 이건 이를 테면 어렸
을 때 피아노 의자 밑에서 '잃어버렸던' 구몬 더미나 30점짜
리 받아쓰기 시험지가 발견돼 엄마에게 "몇 대 맞을래?"라는
질문을 들었을 때와 유사한 기분이다.

당연히 "안 맞을래요"가 해당 질문에 대한 이성적이고 합
당한 대답일 테지만, 그러면 엄마는 화를 낼 것이고 운동은

성립 자체가 불가능하다. 기본적으로 나 스스로를 괴롭혀 성
장하기 위해 운동을 할진대 "몇 대 맞을래?"란 질문에 대답하
는 것은 필수적이다.

"오늘은 컨디션이 좋으니까 열대… 맞을게요."
"좀 봐주라 직전 이틀 연속 야근이었다니까? 오늘은 세대만
맞을란다."

문제는 몇 대 맞을지를 오롯이 내가 정해야 하다 보니 매너
리즘에 빠지기 쉽다는 것이다. 가끔 머리띠 매고 열 대씩 열
심히 맞고 오던 내가 어느 주간은 통으로 한 대 맞는 만큼씩
만 하고 온다. 그렇게 운동량이 줄면 한동안 파워도 줄어들고
슬슬 재미도 떨어지기 시작한다. 혼자 운동 중 팔이 뻐근해오
면 항상 꾀를 부리고 싶고, 또 꾀를 부려도 뭐라 할 사람도 없
다. 다만 꾀를 낸 결과를 가장 절실하게 체감하는 것은 다름
아닌 내 몸이다.

'몇 대 맞을래'를 예로 들어서 그렇지, 사실 운동은 맞는 것

보단 나은 활동이다. 맞는 것을 통해 얻는 건 분노와 맷집 정도겠으나 운동은 꾸준히 양심껏 맞으면서 하다 보면 시나브로 성장하는 것이 스스로 눈에도 보인다.

예를 들면 이런 상황이다. 예전에 한동안 혼자 레그 컬(Leg curl, 뒷쪽 허벅다리를 단련하는 운동)을 할 때 평균 13킬로그램 정도의 무게 추를 달고 했다. 그날 컨디션이 조금 좋으면 15~20킬로그램까지 올리기도 했지만, 여지없이 다음번엔 무게가 13킬로그램으로 도로 떨어졌다. 감기라도 걸렸거나 전날 술을 마신 날은 13킬로그램조차 버겁게 느껴졌다.

이처럼 무게가 대중없이 들쭉날쭉하니까 무게 추에 적힌 숫자로 성장 정도를 측정하기도 힘들다. 대략 무난한 컨디션일 때 연속 20회 정도, 정자세로 수행 가능한 무게를 내 수준이라고 막연히 생각했을 뿐이다.

그런데 어느 날 기계에 엎드리자 내 엉덩이가 발꿈치를 다시 만난 철천지 원수인 듯 뻥 찬다. 조금 무겁다 싶긴 했는데 어찌어찌 10개를 정자세로 수행하는 데 성공했다. 나중에 핀이 꽂힌 지점을 보니 28킬로그램이다. 평소라면 시도조차 안

(못)해봤을 무게다.

어느 날은 풀 스쿼트를 하는데 모르고 원판을 15킬로그램으로 끼웠어야 했는데 20킬로그램으로 끼웠다. 의도대로라면 50킬로그램으로 했어야 했지만, 모르는 사이 60킬로그램을 등에 진 것이다. 승모에 바를 걸치고 '끙' 힘을 써 들어 올리니 생각보다 조금 무거운데 겁나거나 사고가 날 정도는 아니었다.

원래 50킬로그램으로 한 세트 10회 정도는 수행했기 때문에 숫자를 채우기 위해 어떻게든 10회를 채웠다. '컨디션이 좀 안 좋은가? 그래도 평소에 했었으니까 못할 무게는 아니잖아?'란 생각이, 여섯 번째쯤 됐을 때 뇌리를 스쳤다. 물론 복압을 다시 채우면서 정신도 날아가긴 했지만 말이다.

나중에 마지막 세트에서 무게를 5킬로그램 늘리려고 원판을 보니 양쪽에 이미 20킬로그램이 붙어 있었다. 불과 며칠 전 50킬로그램에서 60킬로그램으로 늘렸을 땐 온갖 심상 수련을 다 하고 안간힘을 썼다고 생각했는데도 3회 밖에 못했었는데 말이다.

이게 가능한가 싶은데, 운동을 하다 보면 가끔 정말로 일어나는 일이다. 만약 평소에 조금 힘들고 답답해도 꾸준히 의지를 갖고 스스로를 몇 대씩 쥐어박다 보면 말이다. 물론 심리적인 요소도 없지 않았겠지만, 분명한 건 물에 뜨거나 자전거 위에서 중심을 잡는 것과 다르게 부상 없이 안정적으로 특정 무게를 들어 올리는 것은 심상만으로 극복이 안 되는 지점이 있다는 것이다.

예전에 생활체육지도사 시험 이후 연수 강습에서 계단식 그래프를 본 적이 있다. 운동 관련 서적에서 흔히 볼 수 있는, 운동 기간을 X축으로 두고 수행 능력을 Y축으로 둔 그래프였다. 기간에 따라서 정비례하는 평탄한 성장이 아닌 계단식 성장이 이뤄진다는 것이다.

실제 정밀한 데이터에 의해 만들어진 그래프인지는 알 수 없으나 이런 불시의, 불가사의한 성장은 계단식 그래프가 아니면 설명할 수 없다. 어느 순간 갑자기 훅 하면서 뭔가 안 되던 것이 되는 느낌.

과거에 친업에 한창 빠져 매일같이 보조 밴드를 끼우고 낑

끙대던 때도 비슷한 경험이 있었다. 보조 밴드를 달고도 친업 비스무리한 버둥거림 스무 번을 채우기가 힘들어서 우울했는데 어느 날 동생과 함께 천변을 산책하다가 철봉이 있는 걸 보고 매달려 힘을 줬더니 훌쩍, 거짓말처럼 몸이 쑤욱 올라가 버렸다. 스스로도 당황할 정도로 가볍게 말이다.

마치 가랑이 사이에 끼우고 놀던 빗자루가 갑자기 시침 떼고 지면을 박차더니 이윽고 하늘을 유영하는 느낌. "잭! 내가 (시나브로) 날고 있어요!" 운동을 하다 보면 그런 경험과 자주는 아니지만 종종 조우하게 된다.

하루에 수백 계단씩 올라도 도저히 닿을 것 같지 않던 까마득한 고지일지라도 언젠가는 내가 그 위에 올라서서 지나온 계단을 바라보게 되는 날이 온다. 아마도 그 높다란 계단 하나를 넘어서는 순간, 그 찰나의 감각 때문에 운동을 계속하게 되는 것 같다.

운동하면서
제일 무서운 말

○

"선생님… 제발, 어떻게 좀 안 될까요?"

"…"

의사는 시선을 차트로 향하며 고개를 가로젓는다. 무릎 위로 진단서를 구겨 쥔 손이 떨린다. 그렁그렁하던 눈에선 이내 눈물이 왈칵 터져 나왔다.

"선생님, 우리 애(회전근개) 좀 제발 살려 주세요. 얘가 없으면 전(상체 운동) 아무것도 못해요."

"힘들 것 같습니다."

"영영?"

"그건 아니고요. 좀 쉬어야죠. 적어도…."

"적어도?"

의사의 입에 모든 신경이 곤두선다.

"4주는 쉬어야죠."

"아니 의사 양반 그게 무슨 소리예요! 4주나 운동을 쉬면 근손실 어마어마하게 온다고욧!"

운동하는 사람들이 듣기 싫어하는 말 Best 3위 안에 반드시 들 말이 있다. "부상이네요. 운동 쉬어야 됩니다." 마니아 가운데선 운동 쉬라고 할까 봐 아파도 병원에 못 가겠다는 사람들도 상당수 있을 정도다.

운동을 시작하고 나서 정형외과 문턱을 이전보다는 자주 밟는 편이다. 운동을 하다 보면, 특히 초기엔 별별 창의적인 방법으로 다친다. 운동 초기에는 양 손아귀에 긴 바벨을 쥐고 어깨 쪽으로 들어 올리는 '바벨 컬' 동작을 하다가 목을 다쳤다. 입 모양을 '으' 한 채 목에 핏대를 세우면서 바벨을 들어 올렸더니 얼굴과 가까운 부위의 목 근육이 삐끗한 거다. 내가 "악" 소리를 질렀더니 선생님은 곧바로 놀라면서 바벨을 받아

들고 팔 여기저기를 만졌다. "혹시 전완 쪽 삐끗한 거예요?"
"아뇨, 목 삐끗했어요. 얼굴로 힘줬더니." "…?" 선생님의 그
침묵엔 아마도 놀라서 손해 봤다는 생각 반, '뭐 이런 놈이 다
있지'라는 의아함 반 정도가 내포돼 있지 않았을까.

코어(인체 중심부를 이루는 허리, 복근 등 대근육)가 죄다 약하
다 보니 무슨 운동을 하건 허리로 충격이 가는 것도 예삿일
이었다.

"선생님 오늘은 허리 다쳐서 운동 못 갈 것 같아요ㅠ"

"어제 등 운동하지 않았어요?"

"맞는데… 스티프 레그 데드하다가 삐끗했나 봐요."

어깨 운동을 해도 허리가 아프고 복근 운동을 해도 허리가
아프다. 운동한 부위 아프기도 바쁜데 안 아파도 될 부위까지
번갈아 아프면 미칠 노릇이다. PT가 있는 날이면 그날 저녁
운동을 하기 위해 아침 출근할 때부터 물통과 운동복, 샤워
도구를 가지런히 챙겨 가방 한쪽에 넣는데 아파서 운동을 못

가게 되면 마치 공부를 하기 위해 책도 치우고 연필도 예쁘게 깎아 책상 위에 놓았는데 누군가 지나가면서 책상을 들어 엎어버린 느낌이다.

운동이 익숙해지면서 어느덧 아픔의 빈도가 줄어가긴 했다. 대체로 체력 바닥 운동 초보가 아픈 경우 그 부위가 제대로 단련이 안 돼 있는 게 이유인 경우가 절대다수를 차지하기 때문이다. 다리 운동을 할라 치면 다리가 아파서 그 운동을 못하는 경우다. 그러면 '내가 대체 아프려고 운동을 하는 건가'란 생각이 들면서 운동을 포기하게 되기도 하지만 아픔의 근원을 잘 살펴야 한다.

내 경우 처음엔 스쿼트를 할 때 맨몸으로 해도 무릎이 아파왔다. 하지만 자세를 교정하고 다리 근력을 키우는 운동을 병행하다 보니 이후론 무릎이 아파서 다리 운동을 못 하는 일은 없어졌다.

다만 단련과 무관하게 항상 폭탄을 안고 있는 부위도 있다. 무릎이나 어깨는 사람에 따라 어느 정도 운동이 몸에 익어도 꽤나 부상이 자주 찾아와 주의해야 하는 대표적인 부위다. 내 경우 오른쪽 어깨가 자주 아픈 편인데, 한번 틀어지다 보면 계속 그 부위로 부하가 가기 때문에 부지불식간에 자세가 더 틀어지고 부상이 찾아오기 쉽다.

아픔도 어느 정도는 익숙해진다. 아픔을 참는다기보다는 부상이 자주 오는 부위를 스스로 돌보는 스킬이 는다는 의미다. 부상은 주로 오는 부위로 온다. 대체로 잘못된 운동 방법이나 자세 때문이다. 천둥벌거숭이처럼 뭣도 모를 땐 그저 아프든 말든 무조건 땡겼는데 운동을 하다 보면 어느덧 느낌이 온다. '어 이건 좀 위험한데' 싶으면 루틴을 바꾸거나 당장 무게를 내려놓는다. 운동 2년차 정도부터는 '내 몸에 맞는 운동'을 찾아가는 일을 계속 해가고 있다.

운동 루틴이나 방식에 각별히 신경을 쓰고 웜업, 스트레칭을 꼼꼼히 하고 통증에 귀를 기울이는 것으로 상당 부분 예방이 가능했다. 스포츠 테이프를 잔뜩 사다가 책을 보며 내 몸을 실험 삼아 덕지덕지 붙여본 것도 도움이 되었다. '운동은 장비빨'이란 말도 있는데 그걸로 치면 나는 운동대마왕일 정도로 보호대도 엄청나게 사댔다. 가능하면 언제나 예방이 최

우선이어야 한다는 게 언제나 내 지론이다. 그래야 길게 운동을 할 수 있기 때문이다.

자주 아프다 보면 아픔을 분류하는 것에도 익숙해진다. 그저 뻐근함으로 퉁쳤던 근육 통증에도 다양한 단계가 존재한다. 이건 좋은(?) 근육통, 이건 삐끗한 것, 이건 스트레칭 좀 해주면 나아질 것 등… 다만 근막이완 마사지나 스트레칭, 스포츠 테이핑으로 예방 가능한 통증은 혼자서도 관리할 수 있지만, '병원 갈 통증'을 가려내서 재빨리 병원으로 가는 것이 당연히 가장 중요하다.

어느덧 단골이 된 회사 근처 정형외과 선생님은 학생 때부터 수영, 자전거를 취미로 꽤 본격적으로 즐기시는 분이다. 자세를 조심하고 또 조심했는데도 최근 또 오른쪽 어깨가 살짝 탈이 나서 울상을 하고 병원에 갔다.

"또 이번엔 어디가 아파서 왔어요?"

"어깨요… 쌤 이번엔 운동 얼마나 못 할까요?"

"원래는 쉬어야 하는데… 살살은 해도 상관없어요. 다만 무게 너무 많이 치지 말고 맨몸 운동 위주로 2주 정도는 해당 부위 조심해요. 이참에 하체랑 복근 운동 열심히 하면 되겠네."

"운동 해도 된다고요?"

내가 반색하자 그는 피식 웃었다.

"어차피 내가 운동 하지 말래도 할 거잖아요."

그리고 그는 말을 이었다. "나도 다리에 철심 박고 라이딩 했었으니까, 그 기분 알지." 못난이들끼리는 얼굴만 봐도 웃음이 나오듯 운동하는 사람끼리는 말 안 해도 안다. 운동 못하는 설움이 가장 크다는 것을.

여자가
무슨 히어로야?

○

"나도 야무치 할 거야!"

"네가 무슨 야무치야. 야무치는 남자잖아."

"싫어! 나도 할 수 있어!"

"그럼 여기서부터 저기까지 뛰어 넘어 봐. 그럼 하게 해줄게."

어렸을 적 나는 히어로가 나오는 만화 영화를 좋아했다. 윗집에 사는 사촌 언니, 오빠와 가끔 '드래곤볼 놀이'를 했는데 역할을 나눌 때마다 항상 소소한(?) 분쟁이 있었다. 문제는 나와 오빠였다. 자연스럽게 언니는 부르마 역을 맡겠다고 했지만, 오빠와 나는 둘 다 야무치를 가장 좋아했다.

천둥벌거숭이 같은 조그만 손오공보다는 뭔가 알 수 없는 아우라를 풍기는, 독수리 오형제 가운데서도 '블랙'스러운 분위기에 끌렸달까. 만약 '슬램덩크 놀이'를 한다면 소연이 역할을 하고 싶지 않은 것과 같은 정도로 부르마 역은 내 관심 밖이었다.

역할을 두고 싸울 때마다 결투의 과정은 비슷했다. "넌 여자잖아"로 시작해서 더 악을 박박 올리는 내게 결국 오빠가 최종적으로 제안하는 것은 일종의 육체적 시험이었다. 50센티미터 정도 떨어진 소파 두 개 사이를 한 번에 뛰어넘을 수 있느냐, 계단을 세 칸씩 올라갈 수 있느냐 등등. 남녀를 떠나 일곱 살짜리의 신체적 한계로 인해 대체로 그 끝은 나의 '엉엉 엄마'로 끝나곤 했다.

여자가 무슨 히어로야. 맞는 말이다. 지금까지 나는 여자가 진짜 히어로로 나오는 영화나 게임, 만화 등 미디어를 거의 보지 못했다. 나온다 해도 보조적인 역할에 그치거나 팔만 한 번 휘둘러도 상의가 벗겨질 것 같은 과도한 노출 복장을 한 채 남자들만 득실거리는 히어로물 사이 눈요깃감이 되곤 했다.

간혹 근육이 울룩불룩하고 스스로 무언가를 해치우려는 여자가 등장해도 우스꽝스러운 조연으로 나올 뿐이었다. 요새는 시대가 바뀌며 여성이 메인 역할이 되는 콘텐츠들이 등장하기도 하지만 아직은 미미한 수준이다.

여자는 '상상(픽션)' 속에서도 약하다. 국내외에서 극찬을 받았던 좀비 영화 〈부산행(2016)〉에서 여성 캐릭터는 임산부, 허약한 여고 야구부 코치, 어린 딸 뿐이었다. 반면 남성군은 마동석의 신체적 능력을 필두로 나서서 자신을 희생하면서도 좀비들로부터 여자를 지킨다. 허약한 여자들은 눈물을 그렁거리며 등 뒤에 서는 것밖에 하지 못한다.

여성진 가운데 힘이 강하고 유능한 사람을 넣을 수도 있었을 테지만(어차피 픽션이다. 현실에서 이소룡이나 엽문은 한 번에 수십 명과 대결해서 이길 수 없다), 그러지 않았다. 영화가 지극히 장르적 클리셰를 따른, 잘 만든 영화였다는 점이 더 절망스러운 지점이었다. 그리고 이듬해 한국에선 여자를 잔뜩 죽이는 흔한 한국 영화 엔딩롤에 여자 시체 역이 등장해 비판을 받았다.

이런 데에 불만을 표하면 이런 대답이 돌아온다. "여자는 실제로 약하잖아." 어느 정도는 일리가 있는 말이다.《퍼스널 트레이닝의 정수(nsca)》에 따르면 사람이 낼 수 있는 근력은 키와 몸무게(덩치)에 비례한다. 그리고 남자가 여자보다 통계적으로 몸이 크다.

하지만 사람들이 왜 공부에 있어서는 타고난 재능 외에도 노력을 강조하면서 운동 등 신체 능력에 있어서는 박한지 모르겠다. 태어날 때부터 똑똑한 사람이 있는가 하면, 태어날 때부터 신체 조건이 뛰어난 사람도 있다. 다만 성장 과정에서 그 싹을 제대로 북돋지 않으면 큰 나무로 성장할 순 없다. 미국의 자기방어 기술 전도사인 엘렌 스노틀랜드(Ellen Snortland)는 《미녀, 야수에 맞서다(2016)》에서 이렇게 말한다.

"자기방어 수업에선 '다치는 것'에 대해 비현실적이고 과장된 두려움을 가진 여성들을 만나게 된다. 이는 어렸을 때부터 신체적 놀이를 경험하지 못한 소녀들이 많기 때문이다."

코끼리가 어렸을 때부터 족쇄에 발을 매달아 말뚝을 박아 놓으면, 나중에 족쇄가 풀렸을 때 움직이지 않는다는 이야기가 있다. 아무리 선천적인 파워가 있는 사람도 어려서부터 점프 한 번 하면 발라당 뒤집어질 짧은 치마를 입고, 커선 조금만 신으면 엄지발가락이며 발뒤꿈치가 다 까지는 하이힐에 발을 욱여넣다 보면 약해질 수밖에 없다.

거기에 여자가 조금이라도 미용 몸무게보다 더 나간다 치면 뚱뚱하다, 덩치 크다고 손가락질하는 사회적 분위기도 크게 한몫한다. 그러나 운동을 하면서 나는 이런 족쇄에서 상당히 벗어날 수 있었다.

나는 여자다. 3년 전엔 풀업은커녕 10초 이상 철봉 매달리기도 못하던 '여자'였다. 그리고 지금은 보조 없이 풀업을 몇 번 정도는 당길 수 있는 여자다. 내 성별이나 키, 타고난 신체 조건은 달라지지 않았다. 단지 달라진 점은 3년간 내가 지닌 조건을 바탕으로 이 몸뚱이를 쓰는 방법에 대한 수련을 했다는 점이다.

이게 꼭 신체 능력에 국한된 이야기는 아니라고 생각한다. 세상에 존재하는 절대 다수 서사에서 중요한 역할을 하는 인물은 남성 주인공이고 그에 대한 보조 역할을 하거나 욕망의 대상, 지켜줘야 하는 대상이 되는 것은 여성 조연이다.

여성들은 그간 셜록 홈즈처럼 똑똑하지 못하고, 돈키호테처럼 이상주의적이지 못하며, 햄릿처럼 존재에 대해 고민하지 못하는 이등 시민으로 여겨졌다. 하지만 지금에 와서도 그것이 사실이라고 여기는 사람은 없을 것이다. 수많은 여성들은 수많은 분야에서 벽을 부수어 왔고, 지금도 앞으로 나아가고 있다.

신체적인 부분에 있어서도 똑같은 일이 더 많이 일어났으면 좋겠다. 여자들은 약하지 않다. 다른 모든 분야에 있어서처럼 용기를 갖고 매력적이며 자신뿐 아니라 사랑하는 사람을 지키는, 힘이 센 히어로가 될 수 있다고 믿는다.

지난 3월, 마블 유니버스에 관심도 없었던 나는 단지 여자 주인공이라는 이유 하나만으로 〈캡틴 마블〉을 봤다. 그리고 영화관을 나오면서 두근거림을 느꼈다. '아, 여자 히어로는 단지 '안' 만들어져 왔을 뿐이구나. 만들면 만들 수 있는 거였구나.'

솔직히 여자가 저렇게 강한 건 뇌내 망상 판타지에 불과하다고 하는 사람들이 있다면, 애초에 팔에서 불꽃 나가고 우주를 자유롭게 날고 직진하는 미사일을 되받아치는 것 자체가 여자가 하든 고릴라가 하든 판타지다. 그리고 픽션이 존재하는 이유는 사람들이 자기가 체험해보지 못한 삶, 현실 그 이상을 상상함으로써 더 정의롭고 용감하게 살게 하기 위해서가 아닐까.

조그만 꼬맹이들이 나중에 '캡틴 마블 놀이'를 했으면 좋겠다. 그렇다면 캡틴 마블을 누가 하느냐를 놓고 싸우겠지. 솔직히 욘록(본작의 메인 빌런) 역할을 놓고 싸우는 건 좀 아니잖은가.

4장 · 인생이 그렇듯 운동도 장기전

'누워서 파닥거리기'가
뭐더라?

O

운동 시작한 지 반년쯤 되었을 무렵이다. 내가 다니던 헬스장에선 연말을 맞아 동네 뷔페에서 송년회를 열었다. 다들 양껏, 하지만 각자 선생님들 눈치를 보며 적당히 클린하게 접시를 비워가던 중 자리에 있던 회원 중 한 분이 상품으로 영화 관람권을 쾌척했다.

"먹기만 하면 좀 심심하니 이걸로 상품을 걸고 퀴즈 대회 같은 걸 해보면 어떨까요?" 옆에 앉아 있던 관장님이 고기를 입에 집어 넣느라 여념이 없던 내게 말했다.

"그럴까요? 그럼 회원님, 하체 운동 이름 세 가지 한번 말해 보세요."

"네네, 저요? 스쿼트, 레그 컬… 그리고, 음…"

"마지막 하나."

"…달리기?"

이제 막 운동에 관심을 가진 사람이라면, 영어로 된 복잡한 운동 이름에 주눅이 든 경험이 있을 것이다.

'오버헤드 케이블 트라이셉스 익스텐션'
'스트레이트 암 랫풀 다운'

사실 풀어 놓고 보면 별것도 아닌 이름들이긴 하다. 오버헤드 케이블 트라이셉스 익스텐션은 '케이블' 기구를 이용해 '오버헤드(overhead, 머리 위)'에서 '트라이셉스(triceps, 삼두)'를 '익스텐션(extension, 펼치는)' 하는 운동이고, '스트레이트 암 랫풀 다운'은 '암(arm, 팔)'을 '스트레이트(straight, 쭉 편)' 상태에서 '랫(latissimus Dorsi, 광배근)'을 '풀 다운(pull down, 내리는)' 하는 동작이다. 그런데 괜히 복잡한 영어 근육 명에 이것저것 붙으니 무슨 굉장한 암호를 보는 것만 같았다.

초반 몇 달 정도는 운동 이름을 따로 숙지하지 않았다. 일부러 선생님에게 운동 이름을 물어보지도 않았다. 복잡한 운동 이름이 중요한 게 아니라 운동 동작을 얼마나 잘하느냐가 훨씬 중요하다고 생각했기 때문이다. 그래서 운동 일지를 적을 때도 이름을 모르니까 정말 이런 식으로 적었다.

'누워서 다리 위아래로 왔다갔다 (라잉 레그 레이즈)'
'덤벨 양손에 잡고 양옆으로 파닥거리기 (사이드 레터럴 레이즈)'

그런데 이런 식으로 적다 보니 몇 가지 문제가 생겼다. 첫째는 나중에 루틴을 짜거나 동작을 참고하기 위해 일지를 펼쳐 봐도 운동이 헷갈리기 시작한 것이다. 동작 이름은 그날그날 내 느낌에 따라 결정됐는데, 같은 사이드 레터럴 레이즈(side lateral raise) 동작이라고 해도 어느 날은 내가 '덤벨 양손에 잡고 양옆으로 파닥거리기'라고 적을 수도 있고 어느 날은 '양옆으로 덤벨 쥐고 옆 어깨 운동'이라고 적었을 수도 있다. 그러면 기껏 복기, 복습을 위해 일지를 꾸준히 적는 의미가 적어지는 것이다.

둘째로는 체계적인 복습이 어려웠다. 물론 큰돈을 내고 내 몸 상태에 맞춰 선생님이 동작을 알려 주는 만큼, 선생님의 말이 제일 중요하긴 하다. 그래도 일반적으로 동작의 정석 자세는 어떻고, 어떤 부분에 중점을 둬야 하며, 다른 사람들은 그 동작을 할 때 어느 부분에서 어려움을 느끼는지 등을 찾아보기 위해선 가끔 검색을 통한 추가 정보를 얻을 필요성도 있다. 그런데 운동 동작 이름을 모르니 내가 했던 동작의 검색을 제대로 할 수가 없었다.

고민하던 차에 나는 서점에 가서 다양한 운동의 동작, 원리 및 그림이 실린 도록을 구입했다. 억지로 페이지를 정해서 하루에 꾸역꾸역 외우진 않았다. 다만 어떤 운동을 했으면 적어도 그날 그 페이지는 한번 펼쳐보자는 결심을 했다.

'응, 오늘 드러누워서 파닥거리기 운동을 했지…' 이게 뭘까. 일단 다리를 움직였으니 다리 운동일 테니까. 다리 운동 챕터를 펼쳐 보니, '음 이게 레그 컬이라는 운동이구나. 다리를 말아 올려서 레그 컬인가. (그리고 5초 안에 기억에서 삭제)'

물론 다리를 움직였으니 다리 운동이라는 생각은 현실에

적용하다 보면 틀린 사례를 많이 찾을 수 있긴 할 것이다. 한때 등 운동의 대표 격인 '랫풀 다운'이 심지어 한동안 팔을 움직이니까 팔 운동인 줄 알았던 적도 있었으니 말이다. 아직도 미묘한 동작을 처음으로 접하면 정확하게 어느 부위 운동일지 가늠하기 어렵기도 하다. 나는 암기 실력도 머리도 좋지 않은 편이기에 한 이십 번은 펼쳐 봐야 겨우 운동 이름과 동작이 조금씩 매치되기 시작했다. 하지만 이십 번 펼쳐 봐서 운동 이름이 외워진다면 할 만 하지 않은가.

일본의 문화 비평가 아즈마 히로키는《약한 연결 : 검색어를 찾는 여행(2016)》이란 책에서 검색어의 중요성을 강조한다. 그는 몇 달째 팀원들과 함께 러시아 체르노빌 원전 사고 관련 정보를 찾고 있었는데, 러시아 관련 학회에서 만난 연구자가 러시아어로 5분간 검색한 정보가 훨씬 더 양질의 정보였다고 말한다. 검색 키워드를 잘 잡는 것만으로도 접근 가능한 정보의 질을 대폭 높일 수 있다. 운동에 있어서 가장 기본이 되는 키워드는 바로 운동 관련 명칭이니 구체적인 운동 이름을 알면 좋을 수밖에 없다.

물론 어느 정도 '짬밥'이 쌓이다 보면 도록에 나오지 않는 응용 동작으로 운동을 하는 경우도 생긴다. 그쯤 되면 굳이 하나하나 찾아가며 운동 이름을 외울 필요도 없다. 다만 운동 초반에 복잡한 운동 이름들을 배우고 한 번이라도 더 찾아보는 것은 겁 없이 한 걸음 더 나아갈 수 있도록 도와주는 디딤돌이 될 수 있다.

지금 만약 선생님이 고기를 먹고 있는 나를 불러 세워서 "하체 운동 말해 보세요"라고 말하면 곧장 대여섯 가지 정도는 바로 얘기할 수 있을 것 같다. 그렇다고 해서 그때보다 두 배로 운동을 잘한다고 말할 수는 없지만 말이다.

공부도 해야 하고, 운동도 해야 하고, 암기도 해야 하고, 정보도 찾아야 하고… 그렇다고 성적이 투입한 노력에 비례해 나오는 것도 아니고, 성적을 뭘로 정의할 것인지 조차도 애매하고. 생각할수록 참 난감하고 사랑스러운 운동이다.

'열심히' 살면
다친다

○

중학생 때 홍정욱 씨의 《7막7장(1993)》을 읽고서 한동안 밤잠을 못 이뤘다. 특히 영어 공부를 위해 영어 사전을 아예 알파벳 순서로 달달 외워버렸다는 대목에선 가슴이 끓어올랐다. 그래서 한동안 단어 카드를 만들어서 버스 안에서든 화장실에서든 열심히 쳐다봤던 기억이 있다. 물론 얼마 가진 못했지만. 많은 자기계발서들은 남들 잘 때 무조건 한 번이라도 더 노력하라는 메시지를 전달한다. 하지만 적어도 운동의 경우는 그게 맞지 않는 것 같다. 열심히 하려고 오기를 부리면 꼭 다친다. 이 진리에 대해 크로스핏을 하는 지인은 하이쿠 구절처럼 이렇게 표현했다.

"이를 악무는 순간, 부상."

난 운동 초반에 바벨 무게를 빨리 늘리고 싶어서 거의 매일 같이 하체 운동을 했다. 심폐지구력도 부족한 것 같아서 본 운동이 끝난 뒤 꼬박 한 시간 동안 사이클도 탔다. 운동에 재미를 붙이기까지가 좀 걸려서 그렇지 하다 보면 어느 시점에선 아드레날린의 홍수에 스스로를 몰아치게 되곤 한다.

퇴근 후 곧바로 헬스장으로 직행해 헬스장 문 닫는 밤 열한 시에 시원한 밤바람을 맞으며 나설 때면, 스스로가 너무나도 자랑스럽고 뿌듯했다. '밤늦게까지 운동하는 멋진 나…!' 다음 날 아침 출근까지 열 시간도 안 남았다는 사실은 별 문제가 아니었다.

그러던 어느 날 자고 일어났더니 왼쪽 무릎이 '악' 소리가 날 정도로 너무 아팠다. 정형외과에선 무릎 관절의 염증 때문에 운동을 쉬어야 한다고 했다. 거의 한 달을 하체 운동이고 트레드밀이고 금지 당하고 나서 다시는 무리하지 말아야겠다고 다짐을 했었다. 하지만 인간은 같은 실수를 반복하는 동물이라고 했던가. 얼마 전엔 인터넷에서 어떤 글을 보고 또 마음에 불이 붙었다. 글 작성자는 원래 가슴 근육이 다른 부위에 비해 굉장히 부족한 사람인데 매일같이 어떤 운동을 하건 마무리로 가슴 운동을 다섯 세트씩 했더니 가슴이 제일 좋아졌다는 내용의 글이었다.

그걸 보고 본 운동이 끝나고 나서 숙원이던 턱걸이를 매일

5세트씩 한 지 한 달 만에 결국 또 여지없이 정형외과 문턱을 밟게 됐다. 게다가 이 멍청이는 반성은커녕 어깨에 스포츠 테이프를 칭칭 감은 채로 병원 로비에 앉아 있는 와중에도 '운동을 못하게 될까'에만 신경이 곤두서 있었다. 지난주엔 8킬로그램 덤벨을 든 채 바닥에 놓인 물통 주둥이에 손가락을 찧어서 정형외과를 찾았었다.

"오늘도 손가락 때문에 오셨나요?"
"아뇨, 이번엔 어깨…."

물론 운동을 열심히 하면서 다치는 것도 어느 정도 예방할 수는 있다. 운동 전 충분히 웜업 및 가동 범위 스트레칭을 하고 운동 후에도 충분히 쿨다운 스트레칭을 하고, 관절에 무리를 주지 않는 정확한 운동법을 따르는 것 등을 통해서 말이다. 하지만 아무리 주의를 기울여도 부상 가능성 자체를 없앨수는 없다. 이건 프로든 아마추어든 마찬가지다. 빈도와 정도의 차이일 뿐이다.

서점엔 '열심히 살지 않아도 괜찮아' 류의 힐링 에세이가 많이 보인다. 그런데 운동을 하면서 깨달은 교훈은 열심히 살지 않아도 괜찮아, 라기보단 '열심히 살면 안 된다'에 가깝다. 열심히 살지 않아도 괜찮다는 건 문장 자체에 '열심히 살아야 하긴 하지만 그렇지 않아도 괜찮아'라는 뉘앙스가 묻어 있지만, 후자엔 그런 전제가 없다. 열심히 운동하면서 살면 안 된다. 반드시 다친다.

'열심히'라는 게 그 자체로 긍정적인 것인지에 대해서도 의문이다. '열심히'라는 단어는 머릿속에 떠올렸을 때 조건 반사적으로 뭔가 뿌듯한 느낌을 주는 부사에 불과하다. 길 가는 사람에 비유하자면 '열심히'는 '속도'에 가깝다. 거기엔 방향성이나 내용이 없다.

만약 모래사장에서 모래 벽돌을 만들어 길 건너편으로 옮기는 일을 하는 사람이 있다고 치자. 벽돌이 바스러지지 않게 최대한 손으로 소중하게 품어서 모래 한 톨 안 흘리고 밤새 벽돌을 나르는 사람 A가 열심히 하는 사람일까, 아니면 모래 벽돌을 나르는 게 너무 귀찮아서 빈둥대다가 수레를 만들어서 한

173

번에 열 개씩 나르는 사람 B가 열심히 하는 사람일까. 아니면 모래보다 더 튼튼한 재료를 이용해 바스라지지 않고 나르기도 쉬운 벽돌을 발명해내는 사람 C가 열심히 하는 사람일까.

딱히 B나 C가 좋은 사람이라고 말하고 싶은 건 아니다. A 같이 우직하고 현장 경험 많은 사람이 고심 끝에 C 같은 발명을 해내기도 하고, 회사에서 자기는 B라고 우기는 사람이 그냥 게으름뱅이인 경우도 많다. 나아가선 C처럼 희대의 발명을 해냈는데 업적과 별개로 가정 폭력을 일삼는 사람일 수도 있다. 요는 A, B, C가 모두 자기 나름의 '열심히'를 외치고 있다는 것이고 그게 다 맞을 수도 틀릴 수도 있다는 것이다.

자기가 열심히 한다고 생각하는 사람들은 대체로 자기가 옳다는 주관이 매우 뚜렷하다. 즉 열심히 하는 사람들은 '곁눈질'을 안 한다. 운동의 경우도 비슷하다. 책이나 관련 영상 같은 걸 보고 뭔가를 열심히 해야겠다고 확신하고 자기 몸 상태나 체형에 맞지 않게 무리해서 계획을 밀어붙이다가 사달이 나는 게 대체적인 순서다. 생각보다 한 가지에 몰두해서 열심히 하는 것은 어렵지 않다. 한번 궤도에만 오르면 자기도 취라는 사탕은 너무도 달콤하기 때문이다.

'열심히'라는 단어를 온몸에 묻힌 채로 살던 기자 초년생 무렵, 이젠 거의 사라진 하리꼬미(경찰서에서 숙식하며 종일 사건을 취재하는 수습기자 교육 과정) 기간은 매순간이 고민이었다. 눈앞에 수사 자료가 있는데 형사가 한눈파는 사이 카메라로 찍어 보고할 것인가, 장례식장에서 소위 '꺼리가 될 만한' 빈소에 가서 사연을 물을 것인가. 드라마에나 나올 법한 상황인데, 천만 명이 사는 도시에서 사고가 모이는 곳만 골라 다니다 보면 이런 고민은 의외로 일상적으로 벌어진다.

그러다 항상 사고가 나는 건 '이를 악문' 순간들이었다. 언제는 모 지역에서 노래방 주인이 살해당한 사건이 있었다. 훗날 경찰 조사 결과 원한 관계에 의한 살인이 아닌 우발적 살인으로 결론이 났지만, 저녁에 뜬 속보를 보자마자 나는 곧바로 택시를 잡아타고 현장으로 향했다. 아직 현장 정리조차 되지 않아서 유가족도 황급히 차를 타고 달려온 상황이었다.

그때 난 뭐에 씌었는지 유가족이 탄 차를 거의 몸으로 막아서며 정황을 물었다. 차문을 닫으려는 유가족을 막다가 손을 다칠 뻔 했는데 그마저도 그만큼 내가 '열심히' 했다는 증거이기 때문에 뿌듯했다. 다른 수습기자들이 쳐다보는 가운데 상기된 목소리로 선배에게 알게 된 사실을 보고했다.

하지만 전화를 끊고 잠시 보도블록에 오도카니 수첩을 쥐고 혼자 앉아 스스로에게 문득 섬뜩함을 느꼈다. 이후 훌륭한 선배들을 보면서 기자 일에 있어 '열심히'의 방향성이 조금 더 다양하다는 것을 알게 된 것은 다행이었다.

어느 날 PT 선생님이 고중량 스쿼트를 끝내고 나서 바닥에 주저앉은 내게 말했다.

"스쿼트 중량 칠 때 절대 하면 안되는 게 뭔 줄 알아요?"

"음… 허리 말림? 발바닥 띄우기?"

"아뇨. '눈 감는 거'예요."

사람들은 무언가에 집중할 때 곧잘 눈을 감는다. 하지만 제어하기 어려운 무게를 다룰 때 눈을 감아버리면 몸의 균형, 움직임을 객관적으로 관찰할 수 없다. 그래서 나는 아무리 힘

들어도 거울 속 내 눈을 똑바로 쳐다보면서 스스로와 대화를
나눈다.

'얼굴이 완전 완숙토마토 같구나. 이 정도까진 괜찮아 보이네.'
'너 태연한 척 하는데 지금 무릎 엄청 벌벌 떨리고 있어. 스톱.'

이후로도 '아무리 등에 진 바벨이 무거워서 몸이 터질 것
같아도 절대 눈을 질끈 감아선 안 된다'는 걸 몸으로 체득하
기까지는 시간이 조금 걸리긴 했다.

'열심히'란 단어에 씌워진 환상은 매우 강하다. 하지만 운동
을 꾸준히 하면서 '열심히'란 단어의 위험성에 대해 자주 생각
하게 된다. 노력엔 죄가 없다. 다만 '열심히'가 만들어내는 자
기도취는 경계할 필요가 있다. 자기반성과 객관화가 더해진
'열심히'와 눈을 감은 자기도취의 '열심히'는 엄연히 다르다.

운동을 하면서 다칠 때마다 이 사실을 다시금 깨닫는다. 잊을
만하면 주기적으로 찾아오는 육체적 아픔이, 마치 '마냥 열심히
만 살진 말라'고 반복해서 몸에 교훈을 새겨 넣는 것만 같다.

3분할 루틴이
뭔 소리야

○

'헬린이(헬스 초보) 2분할 루틴 봐 주세요.' '주 5회 운동할 건데 3분할 루틴 어떤가요?' 인터넷 헬스 커뮤니티에 자주 올라오는 질문들이다. 'n분할 루틴'이란 신체를 크게 n 등분으로 나눠 훈련하는 것을 뜻한다.

예를 들어 '3분할 루틴'이라면 '하체, 등+팔, 가슴+어깨'처럼 몸을 세 부분으로 나누어 훈련하는 식이다. 3등분한 뒤 각 부위에 대한 구체적인 운동 종류와 횟수, 무게 등을 배치하는 것까지가 루틴을 짜는 과정이다.

헬스와 다른 운동들 간의 가장 큰 차이라고 한다면 헬스는 '스스로 루틴을 짜는 운동'이라는 점 아닐까. 통상 초보자들에게 가장 버겁게 느껴지는 것은 루틴을 짜는 법이다. "운동하러 가서 뭘 해야 될지 모르겠어"라고 말하는 것은 결국 "루틴을 어떻게 짜야 할지 모르겠어"의 다른 말이다.

물론 다른 운동들도 나중에 숙련이 되면 혼자 단련하는 시간이 늘 수 있지만 헬스는 기본적으로 요가나 발레, 필라테스처럼 '선생님에게 배우는' 운동이 아니다. PT를 받지 않는 이상 스스로 그날의 프로그램을 짜야만 한다.

스스로 루틴을 짜는 것은 PT로 운동을 배웠던 사람들에게도 어려운 경우가 대부분이다. 대부분 지도를 받는 동안은 선생님이 루틴을 짜주지만, 루틴을 짜는 법은 알려 주지 않기 때문이다. 이유는 크게 두 가지일 텐데 첫째는 개인의 상태에 맞게 효율적으로 루틴을 짜는 것 자체가 어려운 일인지라 굳이 설명할 경우 초보자에겐 '너무 많은 정보'가 되기 때문, 둘째는 재등록을 유도하기 위한 경제적인 이유에서다.

나 역시 PT를 그만두고 혼자 센터에서 운동을 시작하기로 마음을 먹은 무렵부터 루틴 고민이 머릿속을 떠나지 않았다. 영상을 보거나 도서관에서 운동 책을 읽으며 원리를 공부했지만 고민을 한 번에 뻥 뚫어줄 루틴은 좀체 보이지 않았다. 만약 운동 이름조차 아직 낯선 사람이라면 책이나 인터넷을 떠도는 루틴을 봐도 더 미궁 속으로 빠질 것이다. 알고 보면 별거 아닌 현란한 영어들이 뭐시기 4세트, 거시기 3세트…
이런 식으로 보일 테니 말이다.

하지만 루틴을 짜는 데 너무 많이 신경을 쏟을 필요는 없다.
자칫 신발끈 매다가 운동 못하는 사태가 생길 수 있다. 체계적
인 계획은 중요하겠지만, 생각보다 그렇게 중요하지 않다.

물론 강남 8학군 학원가의 프로페셔널 '쓰앵님'의 계획적인
지도와 지원이 있다면 훨씬 성적은 오를 수 있다. 하지만 나
스스로가 프로 수준의 지도 계획을 짤 수 없다고 해서 좌절할
필요는 없다. 학생이 사교육 전문가 수준의 계획을 짤 수 있
을 정도라면 차라리 수능 공부를 하는 것보단 사교육 시장에
뛰어드는 것이 나은 방법일 수도 있다.

모든 건강과 영양소, 신체 밸런스, 부상 위험 등을 고려해
쭉 PT를 받는다면 가장 이상적이겠으나, 그럴 상황이 안 된
다면 혼자서는 그 절반 정도만이라도 하겠다는 마음가짐으
로 편하게 임하는 게 낫다.

수학 성적이 40점대인 사람이 95점대인 사람의 계획을 그
대로 따를 필요가 있을까? 제대로 된 루틴을 따르지 않을 경

181

우 운동 중 부상, 오버 트레이닝의 위험이 있긴 하지만 이는 꼭 좋은 루틴이 있다고 해서 한방에 해결되는 문제는 아니다. 천장에서 신의 루틴이 뚝 떨어진다고 쳐도 스쿼트 하다가 전방 경사가 심해서 허리가 몽창 다 나간다면, 벤치프레스로 어깨 운동만 한다면, 무슨 소용이 있을까.

무엇보다 헬스 책과 동영상으로 신의 루틴을 찾아내서 바로 현장에 적용하려는 사람은 곧바로 큰 현실적 장벽에 부딪힐 것이다. 예를 들면 이런 것들 말이다.

1) 빨리 이두 펌핑이 꺼지기 전에 슈퍼 세트로 케이블 트라이셉스 푸쉬 다운을 해서 삼두를 자극해야 하는데 케이블 한가운데에서 정열적인 할아버지가 30분째 맨손체조를 하신다.

2) 벤치프레스로 가슴 루틴을 시작해야 하는데 누군가 하나뿐인 벤치를 침대삼아 펭수 동영상을 보고 있다.

3) 책에 나온 핵 스쿼트랑 이너타이(안쪽 허벅지) 운동을 해야겠는데 헬스장에 핵 스쿼트랑 이너타이 머신 둘 다 없다.

나는 그날그날 헬스장까지 걸어가면서 컨디션에 맞게 대략적인 루틴을 짜는 편이지만, 사실 사람이 많은 퍼블릭 센터를 다니다 보면 루틴대로 수행하는 경우가 드물다. 루틴을 지키기 힘든 이유들이 파이(π)의 소수점 이하처럼 무한히 증식하기 때문이다. 운동 경력이 많다는 건 놀이공원 바이킹 줄처럼 늘어선 사람들 사이에서 언제든 다양한 응용 동작으로 그날의 운동 수행이 가능하다는 의미이기도 하다.

루틴이 꼭 완벽하지 않더라도, 운동 하나하나 꼼꼼히 살펴가며 최선을 다해 자극점을 헤매 본 사람이라면 장기적으로 그간의 노력이 완전히 헛것일 가능성은 적다. 하다못해 혼자 발버둥친 기간 동안엔 '빠띠'라도 는다.

나는 본격 '혼운동'에 돌입하기 전 각 근육의 길항 관계와 지연성 근육통 지속 기간, 밸런스 등을 따져서 5가지가 넘는 셀프 루틴을 짰다. 그런데 알고 있다. 정작 중요한 건 이 루틴이 아니라 가서 직접 바벨을 쥐어본 내 몸의 소리라는 것. 그리고 일단 뭘 몰라도 헬스장에서 이것저것 자세를 실험하다 보면 나에게 가장 맞는 다양한 운동을 찾게 될 것이라는 것.

앞으로 다가올 해의 운동 다이어리에도 갖가지 루틴 대신 딱 이정도만 적으려 한다.

  - 닭 가슴살 하루에 100그램 이상 먹기
  - 3분할 루틴을 기본으로 하되 최소 주 4일 이상 체육관 문턱 밟기

그리고 마지막으로

  - 안전제일

어느덧 나도
개쌍마이웨이

사실 나는 남들 눈치를 꽤 보는 편이다. 간혹 대범한 짓을 선보일 때가 있지만, 그건 대체로 어리석음에서 비롯된 둔감함 때문이거나 소심함을 극복할 정도로 절실할 때뿐이다.

몇 년 전 록 페스티벌에 갔을 때의 일이다. 빨대로 칵테일을 마시며 걷다가 우연히 신나는 전자음에 맞춰 춤을 추는 백스테이지에 도착했다.

평생 리듬 타본 거라곤 초등학교 때 운동장에서 배운 아기 공룡 둘리 율동밖에 없는 나는 댄스 구역에 발을 들여놓았다는 것을 알게 된 순간 뇌에서 모든 알코올이 증발하는 걸 느꼈다. 술기운과 분위기에 취해 대충 흐느적대며 놀만도 한데 말이다. 일단 들어오긴 했으니 팔을 앙증맞게 옆구리에 붙이고 지루박 스텝을 밟으며 식은땀을 흘리고 있던 와중에 갑자기 한 외국인이 내 앞에 다가섰다.

그는 머나먼 동쪽 나라까지 록 스피릿을 즐기러 온 벽안의 힙스터였다. 당황한 난 "쏘리" 하며 고개를 숙이고 도망치듯 그곳을 나왔다. 마치 창문 깨고 선생님한테 들킨 학생처럼. 같이 간 친구한테 나중에 그 얘길 했더니 "화장실이 급했다고 생각하지 않았을까"라고 말했는데, 차라리 그렇게 생각해주는 게 고마울 것 같았다.

　일을 하면서도 마찬가지다. 기자 생활 n년차지만 여전히 간담회, 기자회견장 등 사람 많은 곳에서 가장 먼저 당당하게 손 들고 질문하는 사람들이 신기하다. 질문을 빼곡히 적은 메모지를 손에 들고서도 '기자 주제에 이것도 모르냐고 면박 주면 어떡하지' '멍청해 보이면 어떡하지' 등의 생각으로 매번 머리가 복잡하다. 그러다가 "그럼 이제 마지막으로 한 분만 질문 받겠습니다"라고 했을 때 헐레벌떡 손을 들곤 한다. 이런 내가 처음 헬스장에 들어섰을 땐 오죽했을까.

　많은 초보자들은 헬스장에 발붙이는 것을 힘들어한다. 특히 여자들은 GX룸을 나와 남녀 성비가 남탕 수준인 프리 웨이트 존에 들어서는 게 몇 갑절 힘들다. 나도 더하면 더했지 결코 덜하진 않았다.

　거의 내 몸무게만한 덤벨들이 여기저기 널려 있고 팔을 위에 없는 건지 다리를 걸어서 거꾸로 매달리는 건지 알 수 없을 머신들이 줄지어 서 있는 웨이트 존은 초보들에겐 공포의 대

상이다. 거기에 덩치 좀 있는 남자들이 신음인지 기합인지 모를 추임새를 넣어가며 불끈불끈 운동하는 걸 보고 있자면 웨이트 존 금 밟기가 피구 금 밟기보다도 어려울 수밖에 없다.

그딴 건 쿨하게 무시하고 처음부터 '개쌍마이웨이'로 운동을 하는 사람들도 있을 거다. 하지만 나는 그렇지 못했다. 내가 운동을 시작한 곳은 일대일 회원제 숍이라 그나마 허들이 낮았음에도 헬스장에 개인 운동을 처음 나간 게 운동 시작하고 나서 4개월이 지나고서였다. 이유는? 하나밖에 없다. 소심해서다.

헬스장을 가볍게 가기엔 신경 쓸 게 너무 많았다. 내가 운동을 너무 못하는 것이 무엇보다 큰 문제였다. 이런 고민을 말하면 "운동 못하면 뭐 어때, 연습하려고 가는 건데. 신경쓰지 마"라는 조언을 많이들 한다. 맞는 말이긴 한데 이런 말하는 사람들은 대체로 운동 잘하는 사람이다.

그리고 "누가 너 같은 애 신경 써. 다 자기 운동하느라 바빠"라고 말하지만, 사실 다 신경 쓴다. 그 좁은 공간에서 한

정된 기구를 갖고 운동하다 보면 동선이 겹치거나 기구 순서 때문에라도 계속 미어캣 모드일 수밖에 없다.

독서실과 헬스장의 가장 큰 차이는 전자에선 실력을 한눈에 알 수 없지만, 헬스장에선 각자 실력 차가 너무 적나라하게 드러난다는 점이다. 헬스장은 각 캐릭터마다 머리 위에 레벨 및 체력 바가 떠 있는 게임 세계와 유사하다. 대략적인 체격, 데피니션(근육 갈라짐), 다루는 무게 및 운동 동작만 봐도 구력을 대강 짐작할 수 있다. 책상 앞에 앉아 있는 수능 1등급과 8등급을 얼굴만 봐선 가려내지 못하는 것과 반대다.

옆 사람은 암산으로 세 자리 곱셈을 착착 해내고 어려운 삼차함수 문제를 푸는데 나는 분수 덧셈에 쩔쩔매고 있다면 과연 쿨할 수 있을까. 더구나 젊은 여자라는 이유 하나만으로 얼마나 훈수에 쉽게 노출될 수 있는지는 30년 인생을 살면서 익히 몸으로 체험해 왔기에 여자에다 초보 콤보까지 안고서 헬스장에 발을 들여놓고 싶지 않았다.

그래서 초반엔 기껏 비싼 이용료 내면서도 집에 조립식 치닝디핑 머신부터 시작해서 푸시업 바, 1~5킬로그램 덤벨, 헬

스 밴드까지 갖춰 놓는 홈트족으로 운동을 배워가기 시작했다. 기껏 비싼 독서실 끊어놓고 집에다가 책이랑 담요 갖다 놓는 꼴이다. 나름 열심히 한다고 하긴 했는데 당연히 헬스장에서 하는 것보다 집중이 어려웠다.

그러다가 눈 딱 감고 헬스장에 하루 이틀 나가면서부터 무언가 조금씩 바뀌기 시작했다. 러닝머신을 하려고 나가기 시작한 건데, 가서 영상에서 본 운동이건 배웠던 운동이건 복습하다 보니 하나씩 몸에 익는 운동들이 생겼다. 가끔 선생님에게 물어보기도 했다. 운동 못하는 것의 장점은 트레이너가 폭탄을 보는 눈길로 계속 나를 주시해준다는 점이다.

눈치가 되레 어느 정도는 도움이 되기도 했다. 훈수 듣기 싫고 눈치 보기 싫어서 운동을 더 독하게 배우게 됐기 때문이다. 운동을 해야겠다는 강한 의지만 있으면 그 방향성을 놓지 않는 한에서 때로 눈치는 운동에 긍정적인 역할을 한다.

운동을 꾸준히 배워나가면서 몇 가지 느낀점이 있다.

첫째, 누구도 누군가의 운동 방법에 트집을 잡을 수 없다는 것. 둘째, 무게가 꼭 실력에 비례하는 것은 아니라는 점이다.

일단 누구도 다른 이의 운동 방법에 트집을 잡을 수 없다. 이제 겨우 가나다를 뗀 수준에 접어들며 배운 운동 동작들은 모두 책에서 배운 상식을 깨는 것들이었다. 자격증 딸 때 달달 외운 정석 자세들 중에 그대로 수행하고 있는 건 거의 없다.

원래 등 운동용 바를 갖고 누워서 어깨 운동을 하거나, 양 손으로 미는 기계에 모로 앉아 한 손만 움직이거나 정석대로라면 코어 중립을 지켜야 하는 자세에서 최대 이완을 받기 위해 고의로 중립을 풀기도 한다. 이 모든 건 더 큰 자극을 효율적으로 느끼기 위해서다.

운동엔 정답이 없다. 간혹 다칠까 봐 조언해 준다는 사람들도 있는데 본인이 트레이너 급이 아닌 이상에야 괜한 참견일 가능성이 더 높다. 운동하면서 어느 정도 다치는 건 당연한 일이다. 고통은 잘못된 자세나 부하를 알리는 신호다. 병원에 가야 될 수준의 위험만 아니면 각자가 컨트롤할 수 있다.

러닝머신에서 넘어져서 이가 나갈 정도의 사고가 아니면 조언은 삼가는 게 낫다. 시행착오 과정에서 본인의 체형에 맞는 최적의 자세를 찾아갈 수 있다. 아픔에 지나치게 둔감한 사람이 아니라면 작은 아픔들이 모여 자세를 만들고 동작을 완성한다. 즉, 듣는 사람도 그런 지적을 신경 쓸 필요가 없다는 거다.

특히 여자 초보들에겐 유용할 수 있는 깨달음이 하나 있다. 무게에 '쫄지' 말아야 한다는 점이다. 초보일 무렵 내가 3킬로그램 덤벨을 깔짝일 때 옆에서 같은 동작을 15킬로그램으로 하는 남자들 때문에 의욕이 많이 꺾였다. 나는 3킬로그램으로 해도 당장 덤벨에 깔려 죽어버릴 거 같은데 그들보다 최소 다섯 배는 실력이 없는 거 같아서다.

그런데 무게는 정말 스트렝스가 목적이 아니라면 보디빌딩에선 그닥 큰 의미가 없다. 일단 타깃 부위에 따라 무게에 차이가 크고, 보디빌딩식 고립 운동의 가장 큰 목적은 해당 타깃 부위에 얼마나 섬세하고 정확하게 자극을 찔러 넣느냐이기 때문이다. 보디빌딩식 운동은 파워나 순발력 등을 강조하는 여타 훈련 방식에 비해 근육을 부위별로 분리해 훈련함으로써 부상 없이 균형 잡힌 근육을 만드는 것을 목표로 한다. 선수 수준의 엄밀한 고립을 목표로 할 필욘 없지만 약한 부위의 근육을 차근히 다져가며 전체적인 성장을 꾀할 수 있다는 점에서 초보자에게도 좋은 훈련 방식이다. 15킬로그램짜리 덤벨을 드는 사람을 보면 쫄 게 아니라 그냥 저 사람은 덩치가 너무 커서 타깃 근육에 자극을 주려면 저 무게로 할 수밖에 없겠구나, 하고 넘기면 된다.

몸이 커질수록 몸을 더 키우기 위해선 어쩔 수 없이 무게를 더 많이 들어야만 한다. 내 체격과 몸무게에선 3킬로그램이 맞는 거다. 내 몸무게가 50킬로그램인데 근육량만 4~50킬로그램인 사람을 보고 시무룩할 필요는 없다. 괜히 무게에 신경쓰다가 다치기만 하면 남들 보라고 노동만 하다 온 거나 다름없다.

만약 당신이 적은 무게로 타깃 부위를 섬세하게 다루는 것을 본다면, 아무도 적은 무게를 든다고 무시하지 않을 것이다. 다른 건 차치하고 무게에만 집착하는 건 하수들이나 하는 짓이다. 적어도 보디빌딩식 훈련에선 말이다.

일상에선 여전히 소심함 만렙을 자랑하고 있지만 헬스장에선 어느덧 '개썅마이웨이'가 되어 가는 것을 느낀다. 눈치를 봐도 좋다. 초보라면 눈치를 보는 게 되레 당연하다. '개썅마이웨이'는 타고난 배포에서 나오는 게 아니다. 배워가고 숙달돼 갈수록 실력에 따른 자신감이 붙고, 그게 곧 배짱이 된다. 그것을 위해선 일단 한발, 밖으로 나와야 한다.

컨디션
좋은 날

천장을 바라보며 벤치에 눕는다. 잠시 눈을 감고 한 번 크게 호흡을 들이마신다. 둔해져 있던 흉곽이 열리면서 공기가 묵직하게 아랫가슴을 채운다. 어깻죽지 아래를 벤치에 뿌리처럼 박아둔 채 양손을 들어 바를 단단히 붙잡는다. 그리고 '흡' 하면서 바의 무게를 온전히 가슴으로 내리받았다가 온 힘을 다해 위로 쳐올린다. 내가 비교적 거뜬하게 40킬로그램짜리 바를 거치대에 걸자 선생님은 박수를 치며 말했다.

"와 몸에 글리코겐이 아주… 컨디션 짱이네. 저녁 소고기 먹고 왔어요?"

나는 복잡한 표정이 되어 속으로 중얼거렸다.

'선생님, 소고기는커녕 저녁 먹을 시간이 없어서 발바닥같이 딱딱한 초코바 두 개 뜯어 먹으면서 네다섯 시간 자던 나날이었죠.'

그간 나는 전날 음주를 했다거나 잠을 못 잤거나 스트레스가 많이 쌓였을 땐 웬만하면 운동을 안 하려고 해왔다. 깡으로 운동을 하다간 다치기 십상이기 때문이다. 충분한 휴식이 병행되지 않는다면 근육 성장에도 그닥 좋지 않다.

그런데 이런 결심은 단지 그간 내가 상대적으로 덜 바빴기 때문에 가능했던 일이라는 것을 깨달았다. 오랜만에 막상 일이 눈코 뜰 새 없이 바빠지니 그게 불가능했다. 왜냐면 잠을 덜 자거나 술을 마시거나 스트레스가 쌓였을 때에 운동을 안 하면 최소 한두 달 넘는 기간 동안 운동을 단 한 번도 못 갈 판이었기 때문이다. 그래도 안 가는 것보단 가는 게 낫겠지 싶었다. 번잡한 와중에도 틈틈이 최대한 헬스장 문턱은 밟자고 결심했다. 그래봤자 주말 합쳐 일주일에 두 번 정도가 고작이었지만 말이다. 그날 역시 저녁 9시가 넘어서야 녹초가 된 몸으로 헬스장을 찾은 차였다.

몸 상태가 안 좋은 것에 추가로 기분도 최악이었다. 5년여 만에 일을 하다가 혼자 빈 회의실에 들어가서 전화기를 붙잡고 조금 울었다. 간만의 욕심나는 업무라 좋은 결과를 내고 싶었지만 꼬깃꼬깃한 수첩에 적힌 플랜 B부터 E까지 전부 엑스가 쳐졌다. 일주일간 버둥댄 것이 거의 허사였다. 스스로가 더 없이 무력하게 느껴졌다.

피곤에 절은 정신과 삐걱대는 문짝 같은 관절을 해가지고 어떻게든 겨우 스트레칭을 마친 뒤 등 운동을 하기 위해 랫풀다운 기계 의자에 앉았다. 손목에 스트랩을 걸었다. 그리고 손잡이를 아래로 힘껏 내려잡는 순간 정신이 까맣게 고요해졌다. 쿵쿵대는 헬스장 음악 위로 내 숨소리가 더 크게 울렸다.

'억울해, 억울해. 답답해. 슬퍼. 울고 싶어. 화나. 난 왜 이렇게 아무것도 못하지?'

머리가 온통 까매진 와중에 불현듯 뇌리를 스치는 한마디.

'할 수 있어! 이건 할 수 있다고!'

눈앞에 번쩍, 불꽃이 튄다. 얼어 있던 근육 심지에 나직하게 붙어 있던 불꽃이 불시에 화르륵 타오른다. 손잡이를 잡고 팔꿈치를 뒤쪽으로 잡아 빼서 광배근을 접었다 폈다. 좁은 근육에 무게를 싣는 단순한 일. 이 일만큼은 내가 이를 악무는 대로 반응이 온다. 울리지 않는 전화를 붙잡고 가슴을 졸일 필요도, 아무리 찾아도 나오지 않는 자료 때문에 머리를 싸맬 필요도 없다. 그렇게 이를 악물고 내 몸에 집중하는 짧은 시간 동안만큼은 모든 것을 잠시나마 잊을 수 있다.

　밤마다 쏟아지던 잠도 내쫓을 정도로 번잡했던 머릿속이 땀으로 씻은 듯 상쾌해진다. 이때만큼은 운동을 통해 체력, 근육량을 올린다든지 하는 생각 역시 멀찌감치 떠나버린다. 무거운 추를 들어 올릴 때마다 근육에 생생하게 달라붙는 감각은 내 몸이 책상에 앉아서 손가락 마디만 움직이고 종이 위로 펜을 끄적이는 일보다도 더 굉장한 '무언가'를 할 수도 있다고 일깨워주는 듯하다.

　'컨디션이 좋다'는 게 항상 '모든 게 완벽한 상태'를 뜻하진 않는 것 같다. 아이러니하게도, 일이 하나도 내 마음대로 되지 않을 때, 마음이 꽉 막힌 배수구처럼 답답할 때, 대개 운동 컨디션은 최상이다. 의아한 일이다. 원체 체력이며 근력이 좋지 않은 편이라 평소에도 깡다구로 밀어붙이는 편이긴 하지만, 스트레스를 받고 헬스장에 들어서면 깡다구가 배로 오르나보다 싶기도 하다. 때론 그 깡다구가 사람에게 악을 주기도 하고, 그것이 약이 되기도 한다.

그로부터 삼일 뒤, 그렇게 고민했던 날들이 거짓말이었던 것처럼 일이 조금씩 풀리기 시작했다. 도움을 주는 고마운 사람들이 나타나고 뿌려 놓은 씨앗들 가운데선 몇 개나마 싹이 올랐다.

운동으로 인해 갑자기 봉인 해제된 초싸이언이 된 나머지, 내 앞의 모든 장애물들이 부서졌을 리는 만무하다. 다만 삶엔 언제나 'rise and fall'이 있고, 때로 삶이 바닥을 칠 때 그 아래 작은 발판이나마 있는 것과 그마저도 없는 것은 분명히 다르다. 그리고 대체로 'fall'은 나의 의지로 불가능한 일들이 원인이 되는 경우가 많다. 이때 아주 작고 사소한 일이라도 내가 무언가 해내고 성취해낼 수 있는 활동을 하는 것은 굉장한 위안이 되곤 한다.

세상에서 내 마음대로 되는 일이 하나도 없는 것 같을 때, 이보다 더 최악이 있을 수 있을까 싶을 때, 홀로 몰두해서 모든 것을 잠시나마 잊을 수 있는 활동은 누구에게나 소중하다. 조용히 홀로 빠져들 수 있는 자수, 악기 연주, 춤, 요리 등이 그렇지 않을까? 내게 있어선 운동이 그렇다.

비포와 애프터가
헷갈린다고요?

○

'헬스장 전단지' 하면 가장 먼저 뭐가 떠오를까? 아마 비포 (Before) 애프터(After) 사진이 아닐까.

누구나 친밀감을 느낄 만한 곰돌이 푸우 뱃살의 소유자는 어느덧 화살표 하나를 사이에 두고 초콜릿 복근 몸짱으로 변신한다. 요술봉 한 번 그었더니 부엌데기가 아름다운 신데렐라가 된 수준이다. 트레이너는 팔짱을 끼고 자신만만한 표정으로 이쪽을 응시한다. '돈만 내면 얼굴 빼고 다 바꿔 줄게요.'

중요한 건 그런 건 나와는 전혀 다른 세계의 얘기라는 것이다. 나는 운동 효율에 관해 얘기하자면 최저 시급은커녕 오히려 통장에 있던 돈을 뺏기는 유형의 사람이다. 만약 내가 정말 운동하는 대로 근육이 쑥쑥 자라고 파워가 쑥쑥 오르는 사람이었다면 운동 관련 글을 쓰진 않았을 것 같다. 굳이 책상 앞에 앉아 누가 볼지도 모르고 효용도 없는 기나긴 넋두리를 하느니 그 시간에 스쿼트라도 한 번 더 하는 게 효율적이고 재밌을 테니 말이다.

내가 '성과 없는 운동 라이프'를 계속 유지해온 원동력은 무엇이었을까. 답은 간단하다. 목표가 없었기 때문이다.

일단 나는 애초에 몸 변화를 목적으로 운동을 시작하지 않았다. 그런 만큼 운동 경력 3년이 넘어가지만 몸의 변화가 그렇게까지 크진 않다. 헬스장의 모 회원 3개월 비포 애프터 전단지와, 내 3년 비포 애프터를 비교해 놓으면 어느 쪽이 3개월이고 어느 쪽이 3년인지 헷갈릴 정도다. 불행 중 다행으로 비포와 애프터가 헷갈릴 정도는 아니다.

눈에 확실히 보이는 성과는 뿌듯하지만, 사실 그 몸 상태를 유지하는 것은 확실히 건강의 범주를 벗어난다. 우스개로 보디빌딩식 몸을 지방형 비만이 아닌 단백질 비만으로 만드는 과정이라고 하기도 한다. 근육을 돋우기 위해 단백질을 한계치까지 넣고 지방을 걷어낸다. 이렇게 만들어진 몸이 얼마나 갈까에 대한 물음은 차치하고라도, 그런 몸을 유지하기 위한 생활은 일반인의 상상을 초월한다. 선수들조차도 시즌과

비시즌을 나누어 관리하는데 일반인이 그런 몸을 유지하기는 불가능에 가깝다.

운동에 있어서 목표보다도 중요한 것은 자신이 지향하는 삶과의 균형, 기준 등을 세우는 것이다. 그래야 포기가 되기 때문이다. 우리는 운동을 업으로 삼는 사람이 아닌, 삶의 활력을 위해 운동을 도구로 삼으려는 이들이다. 무언가를 달성하기 위한 극기는 중요하지만 그것만이 절대 기준이 될 필요는 없다.

나는 한동안 스트레스를 받았다. 더, 잘하고 싶었기 때문이다. 대회에 나가진 않을진대 다른 사람들로부터 "대회에 나가도 되겠다"는 칭찬을 듣고 싶었다. 운동에 흥미가 붙을수록 더욱 그랬다. 주말에도 문 여는 헬스장을 찾아 대중교통을 타고 일일권을 끊어 운동을 했고, 닭 가슴살 1킬로그램을 먹었다는 관장님의 말에 입이 떡 벌어져 스스로 하루에 한 팩 먹기도 힘들어하는 자신을 책망하기도 했다.

그러다가 문득 생각했다. 왜 운동을 하는가? 내가 운동을 통해 얻으려는 것은 무엇인가? 원론적인 질문이지만 운동을 지속하기 위해선 반드시 답해야 하는 질문이었다. 나는 근력이 더 붙어서 일상생활을 활기차게 할 수 있게 되고, 내 몸을 컨트롤할 수 있다는 느낌을 체화하고 싶었다. 내 근육이 일시적으로 불어난 것이 아니라 평생 나와 동행하는 것이었으면 좋겠다. 물론 그 모든 기저엔 반드시 최소한으로 다친다는 전제가 붙는다. 항상 어제보다 조금 더 건강해질 것. 현재로서 내 지향점은 이 정도다.

이렇게 물렁하게 운동하다 보니 주변에서 종종 이런 말을 듣는다. "너는 운동 꽤 오래 한 것 치곤 몸에 변화가 별로 없네." 안 벗고 다녀서 그래요, 는 아니고. 맞는 말이다. 나는 운동을 하는 것 자체를 좋아하기 때문에 운동 강도를 꽤 세게 자주 하는 편이지만 강박적인 '안 다칠 거야' 말곤 눈에 보이는 특정한 목표를 갖고 있는 건 아니다. 그래서 결과도 그럭저럭이다. 그 결과라는 걸 누가 판단하는 건진 모르겠지만 말이다.

운동을 생활화하기 위해서 가장 중요한 것은 운동을 이벤트가 아닌 습관으로 만드는 것이다. 3개월 단기 몸짱 프로젝트가 아닌 30년 생활화 프로젝트다. 비싼 돈을 내고 배우는 PT도, 관장님도 그것만큼은 대신해줄 수 없다.

꼭 운동의 극기가 수단일 필요는 없다. 때론 그것 자체가 목적이 될 수도 있지 않을까? 유독 웨이트 트레이닝, 헬스라는 운동에 있어서만 목표를 강조하는 심리가 있는 것 같다. 배트민턴을 취미로 치는 사람에게 장차 셔틀콕을 몇 개나 잃어버릴 계획이냐, 혹은 취미 복서에게 연내 몇 명을 해치우는 게 목적이냐고 묻진 않을 것이다.

조금 변태 같긴 하지만, 별 목적 없이 헬스 그 자체가 좋아서 운동하는 나 같은 사람도 있다. 그 과정이 좋아서. 이짓을 몇 십 년 동안 탈 없이 꾸준히 하고 싶다. 그것만이 목적이다. 다행히 4차 산업혁명 시대에도 동네 헬스장이 망할 조짐은 보이지 않으니 나만 마음을 잘 다져 먹으면 되는 일이다.

5장 · 여전히 게으른 운동러입니다만

게으른
운동러입니다만

○

"고영아, 아무리 주말이라도 일어나야지. 벌써 대낮인데."
엄마의 목소리에 부스스 집 나갔던 정신이 방 안으로 돌아온
다. 눈을 뜬 건 진작이다. 단지 일어나지 않았을 뿐. 벌써 시
곗바늘이 한 바퀴 돌아서 황금 같은 주말 하루의 절반 정도가
지나버렸다는 냉혹한 현실 역시 알고 있다. 비몽사몽하며 머
리맡에 켜둔 넷X릭스 앱에선 어제 늦게까지 베개를 눈물(하
품)로 적시며 보던 드라마가 흘러나온다.

보는 사람이 대낮까지 침대에 거꾸로 누워 있든 밥을 콧구
멍으로 먹든 드라마 속에선 런던을 날려버릴 테러는 착착 진
행되고 주인공들은 바쁘게 산다. 상사의 계략으로 아끼던 동
료를 잃은 주인공은 오열한다. "사람이 어떻게 그럴 수가 있
어? 네가 그럴 수가 있냐고!"

고모 씨(30대, 독신, 게으름뱅이)는 이불을 다리에 둘둘 말고

몸뚱이는 반쯤 침대에 융화된 채 외친다. "아 왜 쫌! 주말에 늦잠 잘 수도 있지!"

운동을 하는 사람에 대한 꽤 견고한 편견이 있다. 대표적인 것은 운동을 꾸준히 하는 사람은 굉장히 성실하고 부지런할 것이라는 편견이다. 모든 편견이 그렇듯 그건 맞기도 하고 틀리기도 한 말이다.

다른 건 다 차치하고 운동하러 가는 절대적인 시간만 두고 봤을 때, 그만큼의 시간을 일단 빼야 하기 때문에 일상이 조금 더 번거로워지는 건 사실이다. 주말 포함 일주일에 네 번 운동을 간다 치면 한 번 운동하는 데 3시간쯤 걸린다고 쳤을 때 12시간 정도를 온전히 운동에 써야 하는 것이다. 여기서 자는 시간, 먹는 시간, 회사에서 보내는 시간 등을 빼기 시작하면 꽤 큰 비중이다.

그런데 시간을 쪼개는 것만이 부지런함의 척도는 아닌 것 같다. 만약 일주일에 12시간 정도 드라마를 보거나 클럽에 가는 사람이 있다면 그 사람에게 성실하고 부지런하다고 말하진 않을 것이다.

그렇다면 운동하는 사람이 성실하다는 편견은 그들이 목표를 세우고 단련하기 때문일까? 이건 '날라리 운동러'인 내 눈으로 봤을 때 전형적인 엘리트 과대 대표의 오류다. 마치 이 세상의 과학 전공하는 모든 대학원생이 노벨상의 꿈과 희망을 품고 매일 저녁을 실험실에서 짜장면으로 때운다고 생각하는 것과 비슷한 일이랄까.

일반인들이 매체에서 접하는 운동러들은 기록 0.1센티미터, 0.01초를 위해 철저히 자기를 희생하는 엘리트들이 대부분이다. 운동을 시작한 지 3년이 넘어가는 동안 아마추어 직장인 치곤 꽤 열심히 해왔다고 생각하지만, 그때부터 지금까지 내 지상 목표는 단지 안 다치고 가늘고 길게 운동하며 사는 것이다. 목표도 있고 단련도 하긴 하는데 이 둘이 꼭 일직선상에 있지는 않다.

연장선상에서 당신이 상상하는 운동러들의 금욕에 대한 이미지도 대체로 어느 정도 오해가 덧씌워진 것일 가능성이 높다. 단련과 성장을 위해선 포기해야 되는 부분이 있다. 체중 유지를 위해선 맛있는 초코크림빵이나 떡볶이도 마음대

로 못 먹고, 술을 위장에 들이부어서는 다음 날 훈련에 지장이 간다. 하지만 이건 대체로 시술급 단기 속성으로 한 달에 10킬로그램 빼기 위해서 짐(gym)을 찾는 사람들이나 프로 선수의 이야기다. '가늘고 긴' 일반인 운동러들의 이야기가 아니다. 어느 누구도 삼시세끼 닭 가슴살에 아몬드, 고구마, 방울토마토만 먹고 몇 년째 주 4회 이상씩 운동을 하면서 근육을 늘려갈 수 없다.

나 역시 운동을 시작하고 나서 술을 많이 줄였다. 그런데 그건 운동을 위해 술을 희생한 것이라기보다는, 단지 술 마시는 시간보다 운동하는 시간이 더 재밌기 때문에 술을 줄인 것일 뿐이다. 나이에 숫자가 더해지면서 숙취 이후에 오는 과민성대장증후군 및 속쓰림을 감당하기 힘들어지기도 했고 말이다. 운동을 하면 배고파지고, 배고프면 운동을 못 해서 초코크림빵이랑 떡볶이는 그냥 열심히 먹고 있다.

최근 어떤 젊은 CEO의 인터뷰를 읽었다. 새벽에 일어나 헬스장에서 운동을 하고 전화 영어를 하면서 출근해서 퇴근 후에는 동호회 활동을 하고 인맥 관리, 악기 배우기도 한다고 한다. 나로서는 열거된 스케줄만 봐도 현기증이 날 것 같지만.

난 에너지가 많은 사람이 아니다. 그냥 운동'만' 한다. 앞서 묘사했지만 운동하고 나서도 주말마다 저 짓거리를 반복 중이다. 지난 3년 간 새벽에 운동을 가본 적이 단언컨대 한 번도 없다. 여전히 늦잠은 달콤하고 드라마는 재밌다.

내가 가진 블록은 열 개다. 과거엔 내가 가진 열 개의 블록 가운데 세 개 정도를 연애에 쓰고, 나머지 세 개 정도를 영화 보고 글쓰기, 네 개를 일에 썼다면 지금은 블록 너덧 개를 운동에 때려 부었을 뿐이다. 딱히 내가 가진 블록을 늘리려는 노력을 하거나 하진 않았다. 처음에 운동을 습관화하기 위해선 훨씬 많은 블록이 필요했지만 차츰 운동이 삶의 일부가 되어가며 블록 개수가 줄어가고 있긴 하다.

그런 동안에 내가 포기하게 된 것들에 대해서 희생이라고 생각한 적은 없다. 나는 단지 정해진 시간 속에서 나를 행복하게 할 소소한 경험을 쌓고 있을 뿐이다. 그래도 정 운동 때문에 삶을 희생하는 것 같다면? 그냥 그날 하루쯤은 운동 빼

고 영화 보러 가면 될 일이다. 난 게으른 운동러니까. 그렇게 해서 몇 년 더 운동에 취미를 붙일 수 있다면 그 몇 년이 내겐 더 소중하다.

운동도 넷x릭스 틀어 놓고 자듯 '그냥 습관'이 될 수 있다. 조금 게으르게 하면 된다. 운동은 완벽하게 금욕적이고 철저한 자기관리의 대명사가 아니다. '운동 시작하자, 땡!' 하는 순간부터 흙고구마 궤짝과 냉동 닭 가슴살만 안고 바다 한가운데 떨어져야 되는 게 아니다. 그런 생각이 외려 운동을 시작하려는 마음을 붙잡아맬 수 있다.

예전 한 책에서 이런 글귀를 본 적이 있다.

"수요일 아침 10시부터 글을 쓰기 시작할 거야"라고 스스로에게 말하라. 그리고 그 말을 당신의 머릿속에서 지워버려라… 가능한 빠른 속도로 작업하라. 작업 과정에서 당신이 할 수 있는 최소한의 주의를 기울이면서.

_ 도러시아 브랜디(Dorothea Brande),

《작가 수업(Becoming a writer)(1981)》

지금껏 운동을 궁리하고 공부해왔던 모든 노력은 '최소한의 주의'를 기울이면서 운동을 습관화하기 위한 것이었다. 가벼운 마음으로 일단 운동을 시작하면 어느 순간부턴 습관적으로 펜대가 움직이듯 몸이 움직인다. 그때부턴 집에 두고 온 아이스크림 생각을 하든 운동 생각을 하든 자기 마음이다.

어쩌다
자격증

○

내게 있어 헬스는 온전히 운동이라기보다 공부 반 운동 반인 느낌이다. 운동 못하는 녀석이니까 공부라도 많이 해야겠다는 게 대체적인 나의 마음가짐이다.

나는 2018년에 생활체육지도자 2급(보디빌딩 종목) 자격증을 땄다. 자격증에 대해 간단히 소개하자면 문체부가 직접 관리하는 유일한 생활체육 관련 자격으로, 필기, 실기, 구술시험, 연수를 거쳐 발급된다. 취득 난도가 높진 않지만 대체로 업계에선 트레이너가 되기 위한 기본 조건으로 통용되고 있다.

그런데 왜 헬스 무지렁이가 뜬금없이 운동 자격증을 따겠다고 나선 것일까? 일단 시계를 운동을 시작하고 6개월쯤 지난 때로 돌려본다. 당시는 일지도 쓰고 운동 책도 사 보면서 티끌 같은 운동 정보를 모으기 시작할 무렵이다.

운동 관련 유튜브를 한참 보다 보면 하면 안 되는 운동

100가지와 해야 하는 운동 100가지를 알게 되는데 문제는 그 목록이 같다는 것이다. 어떤 사람은 절대 하면 안 되는 운동에 스쿼트를 넣었고, 어떤 사람은 이 운동이면 다른 건 안 해도 된다는 목록에 스쿼트를 떡하니 넣었다. 하루 3분 투자로 식스팩 류의 글을 봐도 '커피 값 모아 강남 아파트 산다' 정도의 감흥밖에 없었다. 살 수도 있겠지만 25세기는 걸릴 거다.

조금 더 체계적으로 공부를 해보고 싶다는 욕심이 생겼다. 적어도 거짓 정보와 진짜 정보를 감별하는 눈 정도는 기르고 싶었다. 어차피 운동을 꾸준히 할 거라면 최소한의 해부학, 영양학 지식을 바탕으로 내 몸을 스스로 꾸준히 관리할 필요도 있었다. 체계적으로 운동 공부를 할 수 있는 법을 모색하던 중 자격증에 눈이 갔다.

기자 생활을 하다 보면 좋은 점(?)은 뭘 하든 일단 지르고 보는 게 습관이 된다는 것이다. 내가 정통한 분야에 대해 충분한 여유를 갖고 기사를 쓴다고 해서 항상 좋은 글이 나오는 건 아니고, 잘 모르는 분야에 대해 단기간에 울면서 '지르듯' 기사를 써도 가끔 두고두고 보고 싶은 기사가 나온다. 그런 일을 몇 번 겪고 나니 '하면 될 수도 있다'가 좌우명이 되었다. 일단 신청이라도 해두면 울면서라도 공부하겠지 뭐.

나이를 한 살 두 살 먹어감에 따라 빈 시간의 무게가 커져 갔던 것도 한 이유다. 어렸을 땐 쉬는 날 하루쯤 그냥 자면서 보내도 별로 아깝지 않았지만, 지금은 주말 반나절이라도 낮잠으로 날렸다 싶으면 쭉 우울하다. 일하는 시간, 가사에 드는 시간 등을 제외하고 오롯이 내가 쓸 수 있는 시간이 그대로 취미를 위한 시간이 되는 것인데, 늦게 시작한 만큼 무언가 한시라도 빨리 눈에 보이는 성과를 내고 싶었다.

이건 어찌 보면 성과 중독자의 안타까운 성미가 사생활에서마저 발현된 것으로 보일 수도 있는데, 오해다. 사실 나는 옛날부터 내가 정말로 좋아하는 분야에 대해서만 성과주의자였다. 이를테면 취준생 주제에 토익은 죽어도 재시험 안 치고 그 시간에 영화 감상 리스트 만들기에 골몰하는 타입이랄까.

마지막으론 징검다리에 대한 기대였다. 자격증을 딴다고 뭔가 갑자기 확 바뀔 거라고 생각하진 않았지만 필기, 실기, 연수 과정까지 약 반년의 시간을 거치면, 준비 과정에서 얻는 것이 분명히 있을 거라는 기대였다. 예상대로 꽤 일찍부터 필기 준비를 시작한 덕에, 비교적 점수 따기엔 안 좋은 '운동생리학' '운동역학' 과목을 시험 과목으로 선택할 수 있었다. 공부를 하면서 모르는 내용은 그때그때 자료를 찾아보며 나만의 노트를 따로 만들었다. 시험 대비용이라기보다는 앞으로 두고두고 써먹을 운동 지식 노트를 만든다는 생각이었다.

자격증 취득 과정이 모두 끝난 현재, 내 지식이나 운동 실력이 얼마만큼 늘었다고 말하긴 힘들다. 하지만 자격증을 따기 전의 나와 따고 난 후의 나는 분명히 바뀐 것이 있다. '앞으로 오래, 주체적으로 운동해갈 수 있겠다'는 자신감이 붙고, 운동의 질을 따지는 생각 근육이 조금은 늘었다는 것이다.

그리고 나를 수식해 주는 말도 조금이나마 바뀌었다. 예전엔 '헬스 1년 한 사람'이었다면, 지금은 '헬스 하다가 자격증까지 딴 사람'이 되었다. 사실 트레이너를 하지 않을 내겐 별 쓸모없는 종이 조각에 불과하지만 불과 종이 하나로 마음가짐이 바뀔 수도 있는 것이다. 그런 점에서 자격증 취득은 분명히 내가 다음 단계로 나아가기 위한 징검다리가 되어 주었다.

"이 자격증의 가치는 자격증이 정하는 것이 아닙니다. 여러분이 정하는 겁니다. 자격증을 딴 순간부터 당신이 어떻게 하느냐에 따라 이 자격증의 가치가 정해질 것입니다."

이론 연수 때 강단에 선 교수님 한 분이 한 말이다. 흔한 말이었지만 그 말을 듣는 순간, 한여름 가장 더운 때 주말을 온통 희생해야 하는 탓에 무거워져 있던 마음 한구석에서 무언가 뜨겁게 올라오는 것을 느꼈다.

꼭 자격증이 아니라도 좋다. 취미를 하면서 무언가 달성할 수 있는 목표를 설정해보는 것은 나쁘지 않다. 하나씩, 보이는 발자국을 남기는 것은 취미를 불가역적인 것으로 만드는데 도움이 된다. 특히 헬스처럼 '재미없는' 취미의 경우엔 말이다.

안녕하세요, 말고
안녕하심까!

○

하필 새벽부터 비가 퍼붓듯 쏟아진 날이었다. 집에서 시험장까진 꼬박 3시간이 걸렸다. 신고 온 양말이 운동화 안에서 젖어버려 줄곧 신경이 쓰였다. 발가락만 반쯤 언 치즈에 담가 놓은 것 같았는데, 내 순서가 다가오면서 발끝에서 점점 더 핏기가 가시는 것이 느껴졌다. "다음! 수험번호 00××번, 들어오세요!"

철제 의자에 반쯤 궁둥이를 얹은 채 걸터앉아 있던 나는 화들짝 놀라 일어났다. 하체 운동 다음 날처럼 후들거리는 다리를 한 걸음 한 걸음 앞으로 옮겼다. 긴장돼서 세수나 할 겸 들렀던 화장실에서 간단하게 인사를 나눈 옆자리 여자 분이 주먹을 살짝 쥐며 "파이팅"이라고 말한다. 나도 고개를 꾸벅 숙이며 "파이팅"이라고 했는데 정작 입에서 나온 건 아마도 세상에서 제일 파이팅 부족한 목소리였다.

시험장 문을 열기 전에 심호흡을 한 번 크게 했다. 그리고 단전에 손을 올린 채 '지구인들아 내게 힘을 줘'를 외치는 손오공처럼 절박하게 소리쳤다.

"안녕하십까!! 수험번호 00××번, 고영임다! 잘 부탁드림다!!"

만약 내가 조금만 더 신중한 성격이었다면 아마 도전을 포기하지 않았을까. 시험 종목이 뭔지도 모르고 덜컥 시험을 신청하고 나서, 퇴근길에 시험 과정 안내문을 보는데 눈이 번쩍 뜨였다. '운동 실기라고? 내가 평생 평균 점수조차 받아본 적 없는 그 실기?'

소 뒷걸음질 치다 쥐 잡은 격으로 필기시험을 합격하고 나서부터가 문제였다. 2차로 실기 시험이 하루하루 다가올수록 마음이 무거워졌다. 쟁쟁한 체육과 교수 및 전직 보디빌더 선생님을 면접관으로 앞에 두고 운동 동작이나 보디빌딩 무대 포즈를 선보인다는 상상만 해도 몸이 오그라드는 것 같았다.

게다가 구술 면접 범위도 너무 넓었다. 체육 관련 전공과

거리가 먼 책상머리 문학도라 모든 단어가 생소했다. 대학교 이후 처음으로 책상 앞에 두 달치 달력을 그려서 공부 일정을 채워 넣었다. 그러면서도 평일 운동은 계속 해야 했기 때문에 공부는 중간중간 평일 운동을 안 가는 날, 아니면 휴일에 몰아서 했다.

작은 노트에 차곡차곡 모아둔 족보는 출퇴근하며 짬짬이 머리에 담았다. 필기시험 때 한 번 봤던 내용들인데 왜 이렇게 모든 게 새로운지. 그렇게 몇 주 동안 주말에 공부하며 족보를 만들다 보니 다행히도 엘카르니틴이니 동화작용이니 컴파운드 세트니 이런 암호 같은 단어들이 슬슬 알아먹을 수 있는 글자로 보이기 시작했다.

원래는 시험을 본다는 사실 자체를 합격하기 전까진 주위에 비밀로 할 생각이었는데 실기를 앞두곤 도저히 도움을 요청하지 않을 수 없었다. 집에서 그간 써왔던 운동 일지를 복기하며 혼자 연습을 했는데 한계가 느껴졌다. 트레이너 선생님에게 조심스럽게 말을 꺼냈다. "저 선생님… 제가 이번에 생체자격증 시험을 신청했는데요." 당연히 선생님의 반응은

"으잉?"이었다. 하지만 곧 내가 자초지종을 설명하니 뿌듯하다는 표정으로 물었다. "잘 생각했어요. 운동도 배우면서 하면 좋죠. 근데 실기는 언제예요?" "다음주 월요일요…" 내 대답에 선생님 표정은 3초 만에 다시 '으잉'이 됐다.

"그럼 5일 정도밖에 안 남았잖아요? 왜 이제 말했어요?"
"부끄러워서요. 운동도 제대로 못하는데."
"배우는 데 부끄러운 게 어딨어요? 진작 말했으면 이것저것 알려줬을 텐데."

선생님은 잠시 생각하더니 고개를 저으며 단호하게 말했다.

"안 되겠다. 그러면 앞으로 5일 동안 매일 나와요. 수업 안 해도 혼자 연습하고 있으면 봐 줄 테니까."

뜻밖의 조력자를 얻은 나는 시험까지 남은 5일 동안 매일 헬스장에 들렀다. 체육관이 문을 닫는 일요일엔 집에서 시험 동작을 연습해 선생님에게 동영상을 메신저로 보냈다. 지금껏 혼자 보려고 찍었던 영상을 공개하려니 부끄러웠지만, 시험 전에 전문가에게 피드백을 받을 수 있는 기회는 매우 소중했다. 난생처음 남들 다 보는 헬스장에서 보디빌딩 대회 포즈 연습을 하면서, 허연 멸치 같은 내 몸에 치를 떨 수 있었던 것 역시 수치스럽고 소중한 기회였다. 드디어 D-1. 그날도 퇴근하고 나서 밤늦게 체육관을 찾은 나는 선생님 앞에 무릎을 꿇고 앉았다.

"등 운동 세 개."

"랫풀 다운, 롱풀 다운, 데드리프트."

"로딩이란?"

"보디빌딩 선수가 시합을 앞두고…"

선생님은 흡족한 표정으로 고개를 끄덕였다. 그리고 돌연 하산하는 제자에게 마지막 오의(비기)를 하사하려는 무림고수처럼 비장하게 말했다.

"마지막으로, 내가 면접관이라 생각하고, 저기서 들어와서 인사해 봐요."

당연히 보디빌딩 포즈나 운동 동작 같은 걸 시킬 줄 알았던 나는 생각도 못한 요청에 당황했다. 엉거주춤 일어서서 어색하게 입을 열었다.

"음, 아. 안녕하세요…"
"아니, 아니지. 그건 '체육인'이 아니야. 체육 하는 사람들은 무조건 씩씩한 걸 좋아해. 목소리로 기선제압 해버린다는 생각으로 배에 힘 꽉 주고 소리 질러요! 악! 이렇게."
"악! 안녕하세요!"
"안녕하세요, 말고 안녕하십니까!"
"안녕하심까…!?"

그렇게 그날 체육관에 있던 다른 회원들의 이상한 시선을 받으며 마지막 밤이 흘렀다. 크게 걱정했던 실기, 구술 면접이었지만 결과적으론 예상보다 높은 점수를 받고 무난하게 통과했다. 선생님에게 합격 사실을 가장 먼저 알렸더니 선생님이 말했다. "거 봐요. 인사 크게 하니까 붙었죠?" 확실히 인사가 뭐 중요한가 싶었는데, 첫 인사를 입에서 '원기옥' 내뿜듯 지르자 아이러니하게도 그 이후론 긴장이 싹 가셔서 차분한 마음으로 시험에 임할 수 있었던 것 같다.

나를 주눅들게 했던 '나와 다른 세상의' 커다랗고 빵빵한 몸의 수험자들, 마찬가지로 거대한 장벽 같았던 면접관들과 나 사이에 거리가 순간 사라졌다. 마치 양 뺨을 한 번 짝 때리고 마법의 주문을 외치자 갑자기 헐크가 된 것 같은 기분이었달까. 이럴 줄 알았으면 진작에 소리 지르는 연습부터 할 걸 그랬다. '면접관 쌤들 나 좀 봐요. 내가 몸은 비루하지만 나도 여러분 같은 '체육인'이라고요!'

그날 면접관 선생님들 얼굴에 떠올랐던 부드러운 미소의 정체가 센 척하는 병아리를 보는 느낌에서였는지, 동료로서 인정을 해준 것인지는 알 수 없겠지만 말이다.

'취미하는'
직장인

○

오늘 점심 약속 자리에선 일 얘기 대신 취미 얘기가 흥했다. 앉은 자리에서 각자의 취미가 나왔다. 30대 중반인 기혼 여성 A씨는 취미가 복싱인데 올해 목표가 프로 데뷔라고 했다. 중년 남성 B부장은 옛날에 유도, 검도를 하다가 요샌 헬스를 열심히 다니고 계신다고. 내 취미도 헬스다. 이날 자리에 있던 세 명 모두 운동과는 거리가 먼 직업의 소유자이지만, 모두 각자 취미를 하나씩 갖고 있었다.

업무 차 새로운 사람들을 많이 만나다 보니 가끔 일 얘기 말고 다른 얘기를 하려고 하면 취미가 가장 먼저 입에 오르기 마련이다. 5년 넘게 목공을 취미로 해온 C씨는 휴대폰으로 본인이 직접 만든 나무 도마들을 자랑스럽게 보여주었다. 테니스가 취미인 D씨에게 1등 상품이 쌀 10킬로그램인 '동네 테니스 리그' 에피소드를 들었을 땐 배를 잡고 웃었다.

난 사람들이 이렇게 다양하고 많은 취미를 갖고 있다는 사실을 미처 몰랐다. 아마도 내가 취미란 것을 갖기 시작하면서 더 잘 보이는 것일지도 모르겠다. 각각 회사도, 직무도, 몸담고 있는 업계도 다른 이들이지만 한 가지 공통점이 있었다. 취미 얘기를 시작하자마자 눈이 몇 갑절은 반짝이기 시작했다는 점이었다.

소설가 김훈의 취미는 자전거. 무라카미 하루키는 다양한 취미를 갖고 있지만 그중에서도 달리기와 관련해《달리기를 말할 때 내가 하고 싶은 이야기》라는 에세이를 쓰기도 했다. 지그문트 프로이트의 취미는 하이킹, 버섯 수집이었고 퀴리 부부는 그들의 업적만큼이나 자전거 사랑으로 유명했다.

딱히 '주 52시간' '워라밸' 등의 진부한 단어를 들추지 않아도 일하는 사람들은 하나쯤 비빌 언덕을 찾곤 해왔다. 그것에 푹 빠져 있는 순간만큼은 복잡한 현실, 인간관계, 업무 등을 잊을 수 있는.

과거 뉴콘텐츠팀에서 언론사가 다룰 만한 '버티컬 콘텐츠(특정 주제를 기반으로 한 콘텐츠)' 아이템을 찾다가 한동안 꽂힌 주제가 있었다. 바로 직장인 취미다. 취재를 하던 중, 지인 가운데, 혹은 건너 건너 지인 가운데 일과 별개로 취미를 꽤 전문적으로 하다가 아예 취미 쪽으로 전업한 사례들을 많이 들었다.

한 직장인은 클라이밍이 취미였다가 회사를 그만두고 아예 암장을 차리기도 했고, 취미로 틈틈이 자수 관련 블로그를 하다가 아예 회사를 그만두고 자수 물품을 팔거나 강의를 통해 벌이를 하는 분의 사례도 있다. 유사 콘셉트의 취미 플랫폼 서비스들을 찾다 보니 등록된 강사들 가운데 '직장을 다니다가 전업하고 ○○를 시작하게 됐다'는 사례는 심심찮게 발견됐다.

직장인 취미 관련 자료들 가운데서도 한 시리즈 기사가 기억에 남는다. IT 업계에서 독특한 취미를 가진 각사 임직원들에게 일이 아닌 취미에 대해 묻는 시리즈 기획이었다. 그들의 취미는 암벽 등반부터 MTB, 낚시, 살사, 밀리터리 정보 수집 등 매우 다양했다.

그렇게 열성적으로 자신의 취미와 인생에 대해 이야기하는 인터뷰들을 읽고 있자니 마치 양복을 입은 그들의 평소 모습이 짐짓 새침 떼는 것처럼 보이기도 했다. 넘치는 에너지와

불꽃을 심장 속에 담고 있으면서도, 낮에는 안경과 수트 밑에 슈퍼맨 복장을 감추고 있던 클라크 켄트처럼.

본격적인 취미를 갖는 것. 그것은 내가 선 자리가 아닌 또 하나의 다른 세계를 들여다보는 것이다.

나는 서른 넘는 세월 내내 '글 밥'만 먹고 산 사람이다. 학교에선 물론이고 대학, 직장생활을 하면서도 몸을 움직일 줄 몰랐다. 운동을 취미로 하는 사람들을 봐도 나와 먼 다른 세상 사람들이라고 생각했다. 그러던 내가 '몸 밥'을 먹기 시작하고, 또 그렇게 평생 살아온 사람들을 만나다 보니 새로운 세계가 보이기 시작했다.

사람은 본래 자신이 선 자리에서 크게 벗어난 교우 관계를 갖기 힘들다. 독서, 운동 등 매개를 통해 다른 세계의 사람을 만날 수 있는 서비스가 인기를 끄는 이유다. 취미는 본격적으로 다른 세계에 발이라도 담가볼 수 있는 계기가 된다. 내가 만약 웨이트 트레이닝이라는 취미를 갖지 않았다면 보지 못했을 세계, 알지 못했을 말들, 감정들은 아마도 손톱만큼이라도 나의 우주를 넓혀 주었으리라.

대가를 바라지 않는 헌신은 내 안의 열정을 찾는 계기가 되기도 한다. 열정을 강요하며 일을 한만큼의 페이를 주지 않는 행태가 불합리하고 근절돼야 할 일임엔 분명하지만, 한동안 젊은 세대 사이엔 '열정 노동' '소확행' 등의 단어가 유행하며 힘을 빼는 삶의 태도가 긍정적으로 여겨졌다.

나 역시 그랬다. 회사에서 일을 열심히 하려는 노력은 하더라도 인간적으로 지나치게 스트레스를 받거나 내 삶을 갈아 넣을 정도로 일하진 말자고 생각했다. 정해진 시간을 넘겨 '자발적' 야근을 하거나 휴일에도 일을 해야 될 경우가 많긴 했지만, 쉬기로 한 날엔 업무와 관련된 책이나 자료를 의도적으로 보지 않으려 했다.

그러다 보니 문득 삶의 열정 자체가 사라진 느낌이었다. 일을 덜해서가 문제가 아니었다. 워라밸의 조건을 기껏 만들어 놓아도 워크의 반대 항인 라이프에 넣을 재료가 없다면 밸런스는 무색해지고 만다.

나는 한동안 비는 시간에 멍하니 집에서 TV를 보거나 만화책을 보거나 인터넷 쇼핑을 하고 평소 못 읽던 소설들을 모

아 읽곤 했다. 물론 그런 행동들도 리프레시에 도움이 되긴 했지만 목적이 없는 수동적인 취미는 나를 그렇게까지 행복하게 하진 못했다.

열정 자체가 잘못된 건 아니다. 그것이 업무에 엮여 사적인 공간과 자아를 과도하게 침범할 때 문제가 발생한다. 그렇다면 일이 아닌 어떤 방향으로라도 열정이 트여 넘실댈 수 있는 물꼬를 틔워 주는 것은 매우 소중한 일이다. 취미는 역설적으로 '내가 좋아서, 주체적으로 한다'는 생각 때문에 밤잠을 설쳐가며 책을 읽게 하기도, 외려 내가 돈을 내면서라도 일주일에도 절반 이상 저녁 시간을 통째로 바치도록 만든다.

"세상의 모든 좋은 일은 가외 노동과 선천적 후의에서 발생한다"는 말처럼. 취미는 나이 먹은 직장인이 순수하게 돈이나 손해 생각하지 않고 다른 사람과 다른 세계와 열정적으로 만날 수 있는, 그리고 좋은 일들을 작당할 수 있는 얼마 되지 않는 통로 중 하나다.

인생은 가까이서 보면 비극이고 멀리서 보면 희극이라는 말이 있다. 아무리 복잡한 기사와 각종 숫자들로 뒤범벅이 돼

해독조차 불가능한 공시 자료, 매일 아침같이 메일함이 터져 나오도록 쏟아져 내리는 보도 자료의 홍수 속에 헤엄치다가도 마감 종이 울리면, 7년차 기자 고모 씨(32)는 마음에 든 쫄쫄이 레깅스와 형광 핑크 나시 운동복이 구석에 가지런히 말려 있는 노트북 가방을 짊어지고 동네 헬스장으로 향한다. 먼 발치서 열심히 사이클며 트레드밀을 밟고 있는 사람들의 모습이 보이는 순간부터 마치 연회장을 눈앞에 둔 신데렐라처럼 두근거리기 시작한다.

삶에 가벼움과 유머를 곁들이기 위해선 얼마간의 떨어짐이 필요하다. 만약 부장이 내 기사가 엉망이라고 깬다. 이때 머릿속 생각 풍선에 뭐라도 우겨넣을 재료가 있으면 그것만으로도 세상은 꽤 버틸 만하다. (님이 아무리 뭐라고 하셔도 난 두 시간 있다가 운동 갈 겁니다.)

그 재료가 무엇이 되어도 좋다. 운동이든 뜨개질이든 명상이든 목공이든. 당신과 나, 그리고 우리 모두의 지속가능한 행복을 위하여. 앞으론 인생 취미를 찾는 직장인이 한 명이라도 더 많아지길.

여자를 위한
헬스장은 없다

○

"헬스장 웨이트 존에 남자들만 바글바글한데 어떻게 가요."

"초보라 운동 잘 못해서 괜히 참견 받을까 봐… 옷이나 얼굴도 신경 쓰여요."

보통 여자들이 헬스장에 가기 힘든 이유로는 이 정도가 거론된다. 실제로 처음엔 남자들이 많아서 부담스러울 수 있다. 편안한 공간이 아닌 이상에야 화장이나 옷 같은 게 신경 쓰일 수도 있다. 하지만 정작 헬스에 살짝 취미를 붙이기 시작한 여자들에게 현실적으로 다가오는 큰 장벽은 조금 결이 다르다.

어떤 운동이건 본 운동을 하기 전엔 스트레칭 외에도 몸을 푸는 웜업 세트가 필수다. 잠자는 근육을 충분히 깨우고, 다치지 않고 운동하기 위해서다. 하지만 대부분의 헬스장에는 여성의 신체 조건에 맞는 덤벨이나 기구가 충분히 갖춰져 있지 않다. 모든 기구는 대체로 여성의 몸에 잘 맞지 않는다.

벤치프레스 50킬로그램을 한다고 해서 50킬로그램으로만 5세트를 내리 들진 않는다. 예를 들어 벤치프레스를 최대 35킬로그램 들어 올릴 수 있는 사람이라면 10~15킬로그램의 가벼운 무게로 본 운동 돌입 전에 가볍게 자극을 주며 점진적으로 무게를 올려가는 것이 좋다.

그러나 헬스장들이 일반적으로 구비해 두는 '빈 바'의 무게는 20킬로그램이다. 여성의 경우 남성에 비해 선천적으로 가슴 근력이 많이 부족하기 때문에 스쿼트, 데드리프트는 100킬로그램이 넘는 바벨로 하는 사람들이 종종 보여도 벤치 프레스의 경우 60킬로그램을 넘기는 사람이 매우 드물다.

실제 영국 론 킬고어(Lon Kilgore) 박사가 제시한 기준표에 따르면 체중 54킬로그램인 여성의 벤치프레스 중급자 무게는 최대 1회 수행 기준(1RM) 37킬로그램, 선수급은 62킬로그램이다. 표에 따르면 현재 나는 중급자 수준 정도 되는데 평소엔 맥시멈 무게를 5~10회 반복하는 편이니 평소에 다루는 최대 무게는 25~30킬로그램 정도라고 봐야 한다.

3대 운동(벤치프레스, 데드리프트, 스쿼트)의 1RM 무게 합이 500킬로그램이 넘는다는 상급자 남성이 보통 벤치프레스를 110~120킬로그램 정도 한다고 치면 남성의 입장에서 헬스장 벤치에 걸린 빈 봉의 무게가 기본 50킬로그램 정도인 것이나 마찬가지다. 일반 남성 가운데 50킬로그램으로 벤치를 웜업 첫 세트로 가져갈 수 있는 사람이 과연 얼마나 될까.

 헬스는 다양한 무게를 가지고 노는 운동이다. 큰 부위의 근육부터 시작해서 작은 부위를 작은 무게로 다루면서 근육을 깨운다. 스쿼트로 100킬로그램을 드는 사람이 삼두 운동은 10킬로그램, 어깨 운동은 4킬로그램으로 하기도 한다. 20킬로그램으로 하던 운동을 어느 날은 무게를 8~10킬로그램으로 확 낮춰 고반복 운동을 하기도 한다. 그래야 근육이 '익숙해지지' 않기 때문이다.

 하지만 헬스장 기구들의 디폴트 무게 자체가 남성 평균 근력에 맞춰져 있기 때문에 여성의 경우 다양한 무게 활용에 굉장히 제약을 받는다. 후면 어깨같이 손바닥 크기정도의 작은 근육은 낮은 무게로 적절히 웜업을 하면서 무게를 늘려야 하는데, 케이블의 기본 무게가 10킬로그램을 넘어가는 곳도 허다하다.

몇 달 전엔 어깨 후면 운동이 중요하다는 논문을 굉장히 감명 깊게 읽고 나서 한동안 어깨 후면 강화 운동에 관심이 높아졌다. 책에 나온 운동을 너무 하고 싶은데 센터의 케이블이 14킬로그램이 최하라서 어쩔 수 없이 울며 겨자 먹기로 고무 밴드를 하나 더 사서 저항감을 이용한 운동을 하거나 작은 덤벨을 이용한 프리 웨이트로 대체했다. 옮긴 센터에서 최하 5킬로그램까지 장착 가능한 케이블 머신을 발견했을 때의 기쁨이란. 물론 그럼에도 5킬로그램 추로 어깨 후면 운동을 하는 건 여전히 버겁긴 버겁다.

덤벨로 개인 운동을 할 때도 어떤 센터든 거의 3~7킬로그램의 상대적인 저중량 덤벨들이 한 쌍씩만 있는 것이 의문이었다. 나 같은 허약자는 3~5킬로그램 안에서 모든 게 다 해결되는데 누가 5킬로그램을 쓰고 있으면 꼼짝없이 손가락만 빨고 있어야 했기 때문이다.

한편 40킬로그램이 넘어가는 덤벨들 역시 마찬가지로 한

쌍씩 구비되어 있었다. 핑크색 고무로 표면을 씌워 놓은 여성용 저중량 덤벨들도 한켠에 쌓여 있긴 했지만 대체로 이런 덤벨들은 3킬로그램이 넘어가는 순간 그립감이 굉장히 두꺼워져서 다루기가 어렵다.

원판 최소 단위가 보통 2.5킬로그램인 것도 난감한 부분이다. 보통 원판은 바벨의 양쪽에 끼우는데, 그러면 5킬로그램 단위로 밖에 무게 조정이 안 된다. 10킬로그램 기본 바벨로 프리쳐 컬(가슴과 팔을 받침대에 고정한 채 바벨 또는 덤벨을 들어 올려 팔 위쪽을 단련하는 운동)을 고반복으로 하다가 조금 무게를 올려보고 싶어서 양쪽에 최소 단위인 2.5킬로그램을 끼웠더니 코에서만 끙 소리가 났고 아무런 일이 일어나지 않았다.

그러던 어느 날 반갑게도 센터 관장님이 1.25킬로그램 원판 두 개를 들여왔다. 하지만 문제는 이 원판 구멍이 일반 바에 맞지 않아서 머리 묶는 고무줄 두개로 각각 바 끝에 연결하는 방식으로 삐삐머리처럼 대롱대롱 매달 수밖에 없었다는 점이다. 당연히 제대로 운동이 불가능했다.

여자는 헬스장을 제대로 이용하려면 이미 어느 정도 강한 상태여야 한다. 위와 같은 한계는 내가 초중반에 악착같이 힘을 키우는 데 주력했던 큰 이유이기도 하다. 일단 헬스장을 제대로 이용하려고 해도 적어도 평균 이하 남자 수준은 돼야 기구를 이용할 수 있는 구조기 때문이다.

최소 무게조차도 제대로 다루지 못한다면 헬스장 기구들이 아무리 삐까뻔쩍 해봐야 그림의 떡이다. 이건 굉장히 아이러니한 부분이다. 대부분 헬스장이 태릉선수촌이 아닌 생활체육을 위해 찾는 일반인들 대상의 업장일진대 어느 정도 강한 상태여야지 기구를 자유자재로 쓸 수 있다니.

기구에 대해서 조금 더 첨언하자면, 최근 숍에 들어오는 대부분의 외산 기구들은 서구 성인 남성 체형에 맞춘 것이기 때문에 손잡이가 기본적으로 매우 두꺼운 편이다. 몇몇 유명 프랜차이즈 헬스장에서 사용하는 기구들은 심지어 국내의 성인 남성에게도 큰 편인 경우가 있다. 이렇다면 여성들의 손에는 더욱 클 수밖에 없다.

손잡이가 크다는 건 단순히 손잡이가 커다랗다는 것 이상의 의미다. 손 운동이라는 건 없지만, 웨이트에서 기본적으로 손을 안 쓰는 운동은 거의 없다. 그런데 그 기본이 되는 손잡이 부분이 커다랗다는 건 힘을 사용할 기본 조건이 안 됐다는 것을 의미한다.

예를 들어 어시스트 풀업 머신(보조 턱걸이 기계) 운동을 할 때 손잡이가 크면 전완부(손목~팔꿈치)에 쓸데없는 힘이 들어가 타깃이 되는 부위에 충분한 자극을 먹일 수가 없다. 등을 쥐어짜야 하는 상황에서 등의 힘은 아직 열 번 할 만큼 남아 있는데 손아귀 힘 때문에 세 번밖에 못하거나 하는 일이 발생하는 거다.

그래서 나는 일찌감치 스트랩을 두 가지 사서 대부분의 기구를 잡지 않고 손목을 손잡이에 연결하듯 얹고 수행해왔다. 물론 남성들도 악력 보강을 위해 간혹 스트랩을 쓰기도 하지만, 만약 기구가 내 몸에 맞춰 나왔다면 비교적 불필요했을 번거로움이다.

운동에 활용하는 벤치들도 아예 평균 남성 체형에 맞춰 나오는 것이 많다 보니 의자를 최대한으로 내려도 가끔 발바닥이 충분히 바닥에 닿지 않는 경우도 있다. 그래서 난 몇몇 동작을 할 때 벤치 밑에 또 발판을 놓고 동작을 수행하곤 했다. 여성 평균 신장보다 키가 큰 편인 나도 이 모양인데 더 작은 사람들은 어떻겠는가.

기구 자체가 대부분 여성에게 맞지 않는 경우가 많은데 웨이트에 취미를 붙이기가 좋을까? 내 몸에 맞지 않는 기구를 가지고 운동을 아예 못할 건 아니지만 처음 기구에 앉았을 때 손아귀에 딱 맞고, 내게 정확하게 맞는 무게로 조절해서 다양한 볼륨의 동작을 수행할 수 있는 사람과, 최저 무게조차 힘겨워서 웜업은 꿈도 못 꾸거나 기구 손잡이나 의자조차 안 맞아서 스트랩과 발판을 가지고 다녀야 하는 사람이 같은 질의 운동을 하고 있다고 할 수 있을까?

그렇다고 해서 "저것 봐. 역시 모든 기구는 남성 위주로 나오니까 답은 맨몸 운동이야"라고 말하고 싶진 않다. 맨몸 운동 역시 물론 중요하다. 하지만 기구는 기본적으로 맨몸 운동이나 프리 웨이트의 빈틈을 메우기 위해 개발된 것이고, 활용만 적당히 할 수 있다면 어떤 스포츠를 하는 사람들이건 근력 강화, 컨디셔닝 차원에서 매우 효과적으로 활용할 수 있는 도구다. 이런 도구들을 단지 여성의 체형에 맞지 않기 때문에 아예 포기한다는 것은 상당히 선택 범위를 좁히는 결과다.

지난 3월 NASA는 여성 우주인들로만 이뤄진 우주 탐사를 계획했지만 발표한 지 불과 한 달도 안 돼 취소 발표를 한 바 있다. 여성 신체 사이즈에 맞는 우주복이 부족해서다. 우주에선 중력의 영향으로 지구에서의 키보다 5센티미터 정도가 커지기 때문에 각자의 신체에 맞는 우주복 제작은 매우 까다로운 일이다. 현재까지 500여 명이 넘는 우주인 중 여성의 비율은 11퍼센트에 불과하다고 한다.

몸에 맞는 우주복이 부족해서 여자 우주인이 적은 것일까? 아니면 여자 우주인이 적으니까 자연히 여자에게 맞는 우주복은 적은 걸까? 비슷한 맥락에서 여성의 몸에 맞는 운동 기구가 적어서 여성 운동 인구가 적은 것일까? 아니면 여성 운동 인구가 적으니까 여성의 몸에 맞는 운동 기구가 적은 걸까? 일부의 문제라고 치부하기엔 거의 모든 분야에서 비슷한 문제가 계속되고 있다. 중요한 건 계속 도전하고, 문제 제기를 하지 않으면 같은 상황이 이어지리라는 점이다.

고독한
운동가를 위하여

○

선선하니 바람 좋은 5월 어느 주말 초저녁, 땀에 절은 운동복을 자전거 바구니에 싣고 터덜터덜 집으로 향하던 중이었다. 어디선가 고소한 튀김 냄새가 바람을 타고 코를 간질였다. 날이 좋아 다들 밖에서 술을 마시고 싶어 했는지 대로변에 술집 테이블이 늘어섰다.

왁자한 소리가 울려 퍼지는 가운데 파란 플라스틱 테이블 위에 놓인 소주잔들이 청량하게 반짝였다. 문득 설움이 몰려왔다. 마치 술을 마시기 위해 하늘이 특별히 하사한 것 같은 이 날씨에 내가 무슨 짓을 하고 있는 거지.

운동이 끝나고 로커룸으로 향하면서도 문득 마음이 허해질 때가 있다. 개인 운동 날엔 아예 운동하는 시간 내내 한마디도 안 하는 경우가 대부분이다. 아는 사람이 있으면 가볍게 목례를 하긴 하지만 그마저도 그가 한창 세트 중이라면 운동

을 방해하지 않기 위해 조용히 지나칠 뿐이다. 물론 운동 중
엔 이런저런 생각이 비집고 들어올 틈도 없지만 말이다.

다만 헬스장 문을 열고 나설 때 하늘이 너무 맑다거나 술
마시기 너무 좋은 바람이 부는 날이면 마음 한구석이 헛헛해
지곤 한다. 이런 고민을 운동쟁이 친구 A에게 하소연했다.
그러자 A는 시크하게 말했다. "보디빌딩은 원래 '고립 운동'
이라잖아."

나는 원체 혼자 뭘 하는 걸 좋아하는 사람이긴 하지만 운
동을 계속 하다 보면 가끔은 외로울 때가 있다. 평일을 늘 직
장에 바쳐야 하는 회사 노예 신세라 자유롭게 쓸 수 있는 시
간엔 엄연히 한계가 있다. 운동 시간에 많은 파이를 할당하
다 보면 자연스레 다른 사람들을 만나거나 어울릴 기회가 줄
어든다. 내가 분신술을 써서 한 명은 친구들과 함께 망원동의
힙한 가게에서 칵테일을 마시고 한 명은 상암동에서 쇠질을
하지 않는 한 반드시 양자택일을 해야만 한다.

거기에 최근 취미에 대해 이야기하다가 시트콤 같은 취미
생활을 유지하는 사람 이야기를 들은 게 도화선이 되었다. 취

미로 팀 스포츠를 하는 사람이었는데 같은 동호회에 있는 사람들과 관련된 에피소드를 듣다가 눈물이 찔끔 나올 정도로 웃었다. 회사 선배도 취미로 운동을 하고 있었는데 수업을 같이 듣는 사람들의 이야기를 자주 하곤 한다. 사람 얘기는 언제나 재밌다. 그럴 때면 나는 할 말이 별로 없다. 그냥 입을 다물고 있다. 이런저런 고민 끝에 수업 날 선생님에게 넌지시 물었다.

"쌤은 이 운동하면서 외롭다는 생각 든 적 없어요? 다른 사람이랑 같이 하는 운동도 아니고. 혼자서만 하는 운동이잖아요. 하다 보니까 인간관계도 좀 느슨해지는 것 같고. 다른 취미인 사람들은 다 재밌게 하는 것 같은데…"

선생님은 내 말을 듣고 잠시 생각하다가 말했다.

"재미있는 운동, 재미없는 운동이 따로 있는 게 아니에요. 얼마나 자기 단련에 초점을 두고 있느냐가 관건이죠. 사회인 야구하는 사람들 게임할 때 굉장히 재밌어 보이잖아요. 근데 팀 스포츠를 해도 모임은 거의 안 하고 헬스처럼 혼자 레슨 받으면서 배트 휘두르기 등 단련에 초점을 더 두는 사람들도 있어요. 반대로 단련은 거의 안 하고 어울리는 게 좋아서 게임만 하는 사람도 있고요. 야구 자체가 흥미로운 운동이라기보다는 흥미롭게 하면 흥미로운 운동일 뿐이죠."

선생님의 말을 듣고 머릿속에 느낌표가 떠올랐다. '과연…' 확실히 피겨 스케이팅 선수가 얼음을 제치는 모습이 아름다워 보여도 단련 과정 모두가 우아한 것은 당연히 아닐 테다. TV에서 방영해 주는 농구가 박진감 넘친다 할지라도 단련 과정은 '슛 5만 번, 운동장 100바퀴 뛰기'처럼 지루할 것이다.

프로들은 방망이 깎는 노인처럼 지루한 반복 단련 끝에 실력을 쌓아가고, '취미러'들은 인터랙션과 단련 사이 어디쯤에 볼륨을 맞추는 것이 다를 뿐이다. 다만 한 가지 문제가 남았다. "그럼 헬스는 재밌게 하려면 어떻게 해야 해요?" 내 물음에 선생님은 '그런 거 없어 돌아가' 표정을 지으며 고개를 저었다. 나는 억울하게 외쳤다.

"그런 게 어딨어요! 방금은 재미없는 운동이 따로 있는 거 아니라면서요. 헬스도 재밌게 하는 방법이 있을 수 있잖아요. 예를 들면 동호회나 파트너를 구한다거나…"

"그런 거 없어요. 저도 파트너 꼭 필요할 때 아니면 그냥 혼자 하는 게 더 편해요. 아는 사람 많이 있는 센터 가면 2시간 운동에 1시간도 집중 못하는 경우가 많아서… 일부러 일일권도 멀리서 끊는 편이죠. 집중을 해야 하니까."

"그러면 이건 태생부터가 재미없는 운동인 거잖아요. 선생님처럼 선수 아니면 취미로 하는 사람들은 헬스 대체 왜 하는 거예요, 그럼."

선생님은 세상 산뜻하게 미소를 지으며 말했다.

"그래서 이 운동하는 사람들은 변태예요."

그 미소엔 '회원님도요'라는 말이 포함돼 있는 듯했다. 선생님은 "이제 많이 쉬었으니 다시 어깨 부수러 가죠"라고 말하며 머신 쪽으로 발걸음을 옮겼다. 나는 바닥에 떨어져 있던 스트랩을 쥐며 나의 예견된 미래에 몸서리쳤다. 앞으로도 쭉 헬스를 취미로 가져가려면 가끔 날 좋은 주말 저녁에 운동 갔다 오는 길에 튀김 냄새를 맡으며 속을 긁아야 하고 가끔은 외로워해야 하겠구나.

그런데 크게 걱정은 되지 않는다. '노잼'을 걱정하기엔 이미 걸어온 길이 길고, 나는 원체 혼자 잘 노는 노잼 인간이니까. 내가 원할 때 언제 어디서건 홀로 마음에 든 음악을 들으며 금세 나만의 세계에 빠질 수 있다는 점은 어떤 운동과도 바꿀 수 없는 즐거움이다.

등 운동을 하는 날. 머릿속으로 혼자 근육들끼리 대화하는 상상을 펼친다.

광배근 : 언니 오늘은 웬일로 나를 부르십니까? 컨디션 좀 좋으신가 봐요?

척추기립근 : 내가 중심 잘 잡고 있으니 맘껏 땡겨 보십쇼.

상완삼두근 : 어제 팔 운동 해서 아직 좀 뻐근한데… 안 거슬리게 조심하겠습니다.

상부승모근 : 안녕하세요^^ 수고하십니다 (빼꼼)

일동 : 너, 끼지 좀 말라고!

"이 운동하는 사람들은 변태예요."

네, 선생님. 저는 변태가 맞는 것 같습니다.

앞으로도, 내가 걸어갈 길

1.

일본의 소설가 나쓰메 소세키의 에세이집엔 이런 문구가
나온다. "소설을 쓰기 위해서 가장 중요한 것은 매일 아침의
맨손 체조다."

위대한 일을 하려면 무엇이 필요할까. 거창하게 갈 것 없
다. 일단 둥근 해가 떴으니 자리에서 일어나서 씻고 밥을 먹
어야 한다. 통일을 앞둔 헬무트 콜(Helmut Kohl) 총리도, 《바
람과 함께 사라지다》를 탈고한 날의 마거릿 미첼도 그날분의
수면을 취하고 밥을 먹었을 것이다. 하루하루 일상의 작은 조
각이 모여 큰 그림이 되어간다. 더 나은 수면과 식사, 움직임
이 내 삶의 조각들을 조금 더 낫게 만들 수 있다.

처음 운동을 시작할 무렵엔 상당한 다짐을 해야 했다. 책을 거의 읽지 않던 사람이 갑자기 책을 읽으려면 많은 노력이 필요한 것과 마찬가지로. 하지만 그렇다고 영영 익숙해지지 말란 법은 없었다. 네발로 걷고 구르던 아기가 어느새 뜀박질을 하듯 나는 점점 성장해갔다. 헬스장으로 향하기 위해선 지구를 구할 정도의 각오를 갖춰야만 했던 내가 지금은 양치질하듯 운동을 하러 집을 나선다.

평생 운동과 나 사이에 쌓은 담을 이제야 조금씩 허물어가며 생각한다. 운동은 거창한 것이 아니다. 내 몸을 돌보는 기술이다. 차가 굴러가기 위해선 정기적으로 최소의 기름칠을 해주어야 하듯 말이다.

2.

최근 한 사회 초년생을 만나 운동에 대한 이야기를 나눴다. 그는 "운동하는 사람들이 정말 멋지고, 나도 운동을 해야지 싶은데 출퇴근에만 왕복 3시간이 넘게 드는데다가 일이 10시쯤 끝날 때도 많아서 꿈도 못 꾼다"고 말했다. 나도 그

상황이라면 당연히 운동을 못, 또는 안 했을 것이다.

몇 년 전 지인 결혼식에 가다가 구두 굽이 고장 난 일이 있었다. 대학 때 신었던 굽 높은 구두인데 신어본 지가 하도 오래돼 굽이 흔들거리는지도 몰랐다가 길 한복판에서 똑 떨어졌던 것이다. 수선집을 찾기 힘들어 가까운 쇼핑몰 구두점에 들어갔다. 점원은 부러지다 못해 철심이 거의 까져 나온 굽 상태를 살펴보더니 내가 코카콜라 병이라도 흔들며 들어온 양 놀라며 말했다.

"최소한 일 년에 한 번쯤은 굽을 갈아야죠. 기본적인 수선만 꾸준히 하면 되는데, 어떻게 십 년을 그냥 신으셨어요?" 비슷한 일은 안경점, 미용실, 치과 등에서도 빈번히 벌어진다. "어떻게 ○○만 하면 되는데 그걸 안 해요?" 하지만 설령 하루에 3분만 투자해서 식스팩이 생긴다고 해도 그 3분마저도 투자할 수 없는 사람들이 분명히 있다.

누구나 나처럼 본격적으로 운동을 할 필요는 없다. 누구나 '엄청 열심히' 운동할 수도 없고, 할 필요도 없다. 일단 운동엔 시간이 필요하다. 앞서도 말했지만 내가 본격적으로 운동을 시작하게 된 결정적인 계기는 단지 '때'가 맞았기 때문이다. 비교적 '9 to 6'가 지켜지고 휴무를 예상할 수 있는 내근 부서로 옮기면서 꾸준한 운동이 가능해졌다.

돈도 필요하다. 지난해 초 터키에선 시리아 난민 출신의 구두 닦는 소년이 전면이 유리로 된 헬스장을 쳐다보는 사진이 SNS에 올라와 화제가 됐다. 기본적으로 어떤 운동을 취미로 삼기 위해선 이용비 외에도 운동하는 시간 동안 당장 생계를 위한 일을 하지 않고 가욋일에 몰두할 경제적 여유도 있어야 한다. 근래 우후죽순 생긴 1:1 PT 부티크, 고급 필라테스숍 등은 50분에 6~8만 원을 지불할 정도의 여력이 있어야 등록해서 제대로 배울 수 있다.

운동에서 쾌감을 느끼고 성장을 체감하는 것은 중요하다. 그래야 초반에 흥미를 갖기 좋다. 하지만 거창한 목표를 항상 머리에 매달고 있어서는 길게 갈 수 없다. 몸을 움직이는 것은 꽤 유쾌한 일이지만 운동만이 삶의 목적일 순 없기 때문이다. 도서관에서 책을 읽고 낮잠을 자고 벗과 술잔을 기울이고 길고양이를 쳐다보는 일상도 중요하다.

3.

주변 많은 사람이 내게 '운동 계시'를 받고 싶어 했다. 얼마나 자기극복하며 운동을 했으며, 운동하면 얼마나 드라마틱하게 몸이 바뀌고 삶이 거뜬해지는지에 대해 듣고자 했다. 한동안 열심히 가르침을 설파하듯 무거운 쇳덩이를 들어 올린 이야기, 근육량이 수 킬로그램이나 늘어난 이야기 등을 속속 늘어놓았다.

하지만 어느 순간 내 이야기를 듣는 이들의 시선에서 기시감을 느꼈다. 그들의 눈빛은 대학 시절 내가 논술 과외를 하던 둘리 내복 입은 초등학교 4학년 학생의 멍한 시선과 닮아 있었다. 어차피 그런 건 대부분의 사람들에겐 정말 뜬구름 잡는 소리밖에 되지 않는다. 운동이 꼭 거창할 필요는 없다. 퇴근 후 집에서 폼롤러로 하는 스트레칭 '운동', 천변 걷기 '운동', 108배 '운동', 이것들도 굉장히 훌륭한 운동이다.

나는 이 책이 단지 운동의 위대함과 그것을 위한 자기 극복을 강요하는 글로 받아들여지지 않길 원한다. 모든 사람이 지방을 뺄 필요도 없고 마른 게 자기 관리나 건강의 상징도 아니다. 누군가가 운동을 하는 시간에 누군가는 코딩을 한 줄이라도 더 할 수 있고, 누군가는 책을 한 글자라도 더 읽을 수 있다. 내게 운동은 자기계발이라기보다는 마음에 든 재료로 만드는 요리나 진심을 기울인 방 청소 같다. 일상에 기름칠을 하고 가꾸는 일이다.

내 꿈은 어떻게든 세상에 조금 더 의미 있는 일을 만드는 것이다. 내 욕심으론 이왕이면 그 과정이 재밌었으면 좋겠다. 꿈을 이루기 전에 정신적으로든 육체적으로든 지치지 않기 위해 날마다 운동이라는 석탄을 조금 더 여며 넣는다. 그리고 모든 걸 포기하고 싶을 만큼 힘들 때, 예전처럼 자책하는 대신 속으로 중얼거린다.

'수천, 수만 번 시도해서 100킬로그램도 들었는데, 이걸 못하겠어?'

건강한 헬스 라이프를 위한 TIP

운동 일지를 적어 보자

- 초보 때는 운동 일지를 적는 것이 큰 도움이 됩니다. 따로 노트를 만들지 않고 남는 다이어리에 적어도 무방합니다. 월별 달력엔 출석 날짜를 체크하고 주~일별 스케줄 표엔 그날 한 동작을 간단히 정리합니다.

- PT를 받을 경우엔 선생님이 가르쳐준 동작 및 핵심 포인트 위주로 정리하고, 개인 운동을 하는 경우엔 세트 수와 자신이 느낀 점, 개선해야 할 점 위주로 간단히 정리합니다. 잘 모르겠는 운동은 동영상을 찍거나 그림을 상세하게 그려보는 것도 도움이 됩니다. 본인이 나중에 보고 기억날 만한 방법이면 뭐든 좋습니다.

날짜	컨디션	주 운동 부위
10.27	보통, 약간 허리 뻐근함	하체

프로그램

1 맨몸 스쿼트 20회 × 5세트
2 런지(모래주머니 6kg) 20회 × 4세트
3 레그컬 12kg × 5세트
4 레그익스텐션 20kg × 4세트 + 복근운동(크런치/플랭크), 유산소 러닝머신 30분

주의사항 등

1 스쿼트할 때 힘들면 자꾸 상체가 앞으로 쏠린다. 가슴은 천장을 바라보듯 위로 활짝 열고 반드시 정면 거울을 바라보면서 할 것. 아이 컨택!
2 맨몸 스쿼트가 거뜬했다. 다음부터는 조그만 모래주머니나 케틀벨을 들고 해보자.
3 레그컬할 때 또~ 종아리에 힘들어가는 것 주의. 스트레칭 충분히 하고 낮은 무게부터 천천히!

더 알아볼 점

1 종아리가 약한 것 같다. 종아리 강화 운동엔 뭐가 있을까?
2 발목 유연성을 높일 수 있는 스트레칭을 찾아보자.
3 크런치할 때 허리가 아픈데 바른 자세를 알아봐야겠다.

- 사람의 습관이 쉽게 바뀌는 것이 아니기 때문에 자주 같은 실수를 반복하게 되는데, 그날그날 간단하게라도 일지를 적으면 본인의 경향성이 보입니다. 꾸준히 적으면 성장이 보이는 부분도 소소한 보람입니다.

몇 가지 조건으로 헬스장을 골라 봅시다

면접관이 됐다고 생각해 보세요. 아래 리스트에서 본인이 가중을 두는 부분을 체크해 보고 우선순위에 따라 헬스장을 찾아봅시다.

- 집에서의 거리 : 가까울수록 좋다
  초보 때는 집에서 가까운 헬스장일수록 좋다는 게 진리. 어느 정도 운동에 익숙해지면서부터 기구나 시설이 좋은 곳을 찾아 멀리까지 알아보게 되긴 합니다만, 저는 아직까지도 제가 3년 넘게 운동을 지속할 수 있게 된 가장 큰 요인 중 하나가 첫 헬스장이 집에서 100미터 거리였기 때문이라고 생각합니다.

- 지도자 : 좋은 지도자가 있는 곳
  좋은 지도자가 어떤 사람일지 알기는 어렵죠. 다만 방문했을 때 나에게 맞는 사람인지 체크하기 위한 몇 가지 리스트를 만들어 가지고 다니면서 '내가 면접관이 됐다'는 생각으로 질문을 통해 가늠해 보세요. 제 경우엔 다이어트 얘기 안 하기, 수더분한 분위기가 가장 우선순위였습니다. 가능하다면 꼭 나를 가르칠 선생님과의 OT가 가능한지 알아보고 무료 OT를 받아보는 것도 추천합니다. (여성의 경우엔 남자와 신체 구조가 다르고 근력, 근육이 붙는 양상도 다르기 때문에 이왕이면 여성의 몸에 대한 이해가 깊은 지도자에게 지도를 받는 것이 도움이 됩니다.)

- 시설 : 청결도, 기구 비치 상태, 웨이트 존 등

요샌 헬스장이 비슷비슷해졌다곤 하지만 같은 프랜차이즈라고 해도 시설 차이는 굉장히 큽니다. 어떤 곳은 웨이트 존이 굉장히 협소하고, 어떤 곳은 유산소 운동 존이 굉장히 넓습니다. 자신의 주된 운동 목적을 고려해서 관련 장비나 운동 공간이 넉넉한 곳으로 선택하는 게 좋습니다. 예를 들면 러닝머신을 타는 것이 목적인데 머신이 다섯 대밖에 없으면 그곳은 좋은 헬스장이라고 할 수 없겠죠. 청결도도 중요합니다. 벤치에 누워 고목나무 나이테처럼 켜켜이 배어든 땀내를 맡고 싶지 않다면요. 일단 창문이 많고 케이블 등 기름칠 상태가 잘 돼 있는 곳이 좋습니다.

- 회원 : 다른 회원들의 성향, 분위기

입지나 가격대 등에 따라 어떤 동네 헬스장은 할아버지들이 많고 바로 길만 건너면 있는 헬스장엔 2030 직장인이 많기도 하죠. 헬스는 다 같이 하는 활동은 아니지만, 본인이 편하게 느끼는 분위기의 헬스장을 고르려면 회원 구성도 살펴야 합니다.

나의 헬스가방 (헬스할 때 갖추면 좋을 도구들)

- 고무 밴드

운동 전 몸 풀기 스트레칭을 할 때나 자극을 더 주고 싶을 때 등 다방면으로 활용합니다.

- 풀업용 보조 밴드

풀업이나 친업을 할 때 보조용으로 쓰는 두터운 밴드입니다. 헬스장에 어시스트 풀업 머신이 없을 경우 본인의 근력 수준에 맞게 철봉과 보조 밴드를 활용해 맨몸 운동을 할 수 있습니다.

- 스트랩

손목에 감아 부족한 악력을 보강해 주는 용도입니다. 데드리프트, 풀업 등을 할 때 악력부터 전완근에 힘이 부족한 경우 스트랩을 활용할 수 있습니다.

- 허리 벨트

스쿼트 등을 할 때 코어 근육을 지탱해 주는 역할의 벨트입니다.
허리 컨디션이 안 좋은 날이거나 운동 수행 중 복압을 유지해야
할 때 보조용으로 사용합니다. 벨크로(찍찍이) 형태나 벨트형 등 다
양한 종류가 있습니다. 초보 때는 필수는 아닙니다.

- 역도화

스쿼트를 할 때 무게를 안정적으로 받쳐 줄 수 있도록 밑창이 딱
딱하고 약간 경사진, 역도용 신발입니다. 마찬가지로 초보 때는
필수는 아니지만 신고 있으면 사람에 따라 운동 시 안정성과 효율
성이 높아집니다.

- 헬스 장갑

초보 때 주로 가장 먼저 갖추게 되는 장비입니다. 손바닥과 손가
락의 경계에 굳은살이 생겨 다치는 것을 막아 줍니다. 하지만 땀
이 많이 차고 장갑과 스트랩, 보호대 등을 함께 쓰기 힘들기 때문
에 중급자 이후론 잘 쓰지 않습니다.

- 관절 보호대

  무거운 중량을 다룰 경우 팔꿈치, 무릎, 손목 등 다치기 쉬운 관절
  들을 보호하는 역할의 보호대들은 굉장히 중요합니다. 무릎의 경
  우 무릎을 전부 덮는 슬리브 형태, 직접 감는 끈 형태, 관절 아래
  를 간단하게 지탱하는 형태 등이 있습니다. 손목도 손목만을 감는
  형태, 베르사 그립처럼 스트랩과의 중간 형태로 변형된 모델 등이
  있습니다.

- 물통

  일반적인 물통 외에도 간단한 가루나 비타민 알약을 함께 넣어 다
  닐 수 있는 통이 함께 붙어 있는 헬스용 물통이 있습니다. BCAA
  나 단백질 보충제 등을 따로 섭취하는 경우엔 이런 형태의 물통이
  편리합니다.

- 스포츠 테이프

  스포츠 테이프는 관절 부상을 예방하거나 불안한 부위의 근육, 관
  절 회복을 촉진해 주는 역할을 합니다. 너무 자주 붙이는 것은 좋
  지 않지만 용도에 맞게 사용하면 좋습니다. 인터넷에 스포츠 테이
  프 활용법을 소개한 자료들이 많습니다. 약국에 자른 형태로 파는

것도 있지만 돌돌이 테이프 형태로 된 것을 사면 훨씬 저렴합니다.

• 폼롤러

굳이 헬스를 하지 않는 분들이라도 폼롤러를 집에 두고 계신 분들이 많을 텐데요. 헬스를 할 때도 수시로 근육통을 완화하기 위해 폼롤러를 이용하는 것은 큰 도움이 됩니다. 딱딱한 정도, 길이, 지름, 돌기 유무 등에 따라 다양한 폼롤러가 있습니다. 딱딱한 것, 소프트한 것, 두 개를 갖춰 두면 필요에 따라 사용하기 좋습니다.

이러다 죽겠다 싶어서
운동을 시작했습니다

초판 1쇄 발행 2019년 12월 27일
초판 2쇄 발행 2020년 03월 12일
지은이 고 영

펴낸이 민혜영
펴낸곳 (주)카시오페아 출판사
주소 서울시 마포구 성암로 223, 3층(상암동)
전화 02-303-5580 ᅵ **팩스** 02-2179-8768

홈페이지 www.cassiopeiabook.com ᅵ **전자우편** editor@cassiopeiabook.com
출판등록 2012년 12월 27일 제2014-000277호
편집 박혜원, 진다영 ᅵ **디자인** 고광표
마케팅 최승호 ᅵ **홍보** 유원형

ISBN 979-11-88674-97-8 03810

이 도서의 국립중앙도서관 출판시도서목록 CIP은 서지정보유통지원시스템 홈페이지
(http://seoji.nl.go.kr와 국가자료공동목록시스템 http://www.nl.go.kr/kolisnet에서
이용하실 수 있습니다.
CIP제어번호: CIP2019051263